蔣子安著

文學叢刊

蔣家媳婦 上集

文史哲出版社印行

國家圖書館出版品預行編目資料

蔣家媳婦 上集/ 蔣子安著. -- 初版 -- 臺北市：文史哲, 民 107.07
頁; 公分（文學叢刊；393）
ISBN 978-986-314-416-8（平裝）

857.7　　　　　　107010709

文 學 叢 刊 393

蔣 家 媳 婦 上 集

著 作 者：蔣 子 安
235 新北市中和區秀朗路 3 段 10 巷 35 弄 5 號
電話：886-2-2942-6636
手機：0931-170-603
校 對 者：蔣 鵬
出 版 者：文 史 哲 出 版 社
http:// www.lapen.com.tw
e-mail：lapen@ms74.hinet.net
登記證字號：行政院新聞局版臺業字五三三七號
發 行 人：彭 正 雄
發 行 所：文 史 哲 出 版 社
印 刷 者：文 史 哲 出 版 社
臺北市 100-74 羅斯福路一段 72 巷四號
郵政劃撥帳號：一六一八〇一七五
電話 886-2-23511028 · 傳真 886-2-23965656
定價新臺幣三八〇元
2018 年（民一〇七年）七月初版
ISBN 978-986-314-416-8　　09393

謹將此書紀念

先母　項瑞玉女士

先母項瑞玉女士，一生樂善好施，除了替嬰兒收驚，也常為鄉鄰排解糾紛，雖然未讀書識字，但因其父　項公德元為清末秀才，自幼耳濡目染，為鄉人排解糾紛也能出口成章，比喻夫妻口角，規勸暴力丈夫：「十個怕老婆九個富，不怕老婆光屁股。」又如一對多年好友，為了小事反目，她去排解規勸：「人情留一線，日後好相見。」或勸人：「人心換人心，八兩換半斤。」規勸語言因人而異，因事而別，什麼「好言一句三冬暖，惡言傷人六月雪。」「酒香不怕巷子深。」「爛船還有三千釘。」「木匠載枷，自作自受。」對晚輩則告誡：「吃苦、爭氣。」「若想人前顯貴，就得背後受罪。」言簡意賅，終生受用。

蔣家媳婦 目 次

作者自述

本書是以大陸文化大革命初期，作為背景，所創作的文藝小說。與我大陸家屬遭遇事實，並非完全雷同。因我在大陸解放前，就已經來台，可是我的家屬，也被貶為「黑五類」，受到歧視與排擠。

雖然本書主題，是寫孤兒寡母，在惡劣的環境下，仍然防腐倡廉，艱苦奮鬥，最後終於子女各個成器，母親的偉大，無與倫比。

我於民三十二年，投筆從戎，去了重慶，民國三十七年二月，隨台灣省警備旅長官來台，民七十八年返鄉探親前，才得知母親項瑞玉女士已仙逝六年，子欲養而親已不在，驚聞噩耗，悲痛欲絕，只有寫了一篇追思母親的紀念文，（下集刊登）以示對先母的懷念與遺憾。

順便也提一下，本書故事過繁，為顧慮現代讀者習性，分為上下集出版。下集是描寫蔣、羅兩家孩子長大後，各有各的出路，情節出人意料。以及一生戀江冬梅的情聖吳力學長，感情世界如何？賣個關子，敬請翻閱下集，即可大白。

蔣家媳婦　前情摘要

這是一九七五年深冬，西伯利亞冷氣團正侵蝕中國東北地區，這也是中國大陸文化大革命如火如荼時期，雖然一般平民生活清苦，但為了生活，仍然咬緊牙根，刻苦耐勞，勤奮工作。

由山清水秀的江南來的蔣永正，在長白山上礦場附近，住了十年，他是一個壯碩健美青年，擁有浙江大學土木工程師碩士學位，因他戀上丹鳳眼、櫻桃嘴一臉清秀的少女江冬梅，本來俊男美女，一對絕配，但因江父隨國民黨去了台灣，變成黑五類，蔣母堅不允婚，害永正得了相思病絕食，江冬梅不畏蔣母，前來探視，蔣母見他倆情投意合，終於心軟，答允成婚。但要兒子，遠走他鄉，眼不見為淨。

蔣永正只好申請去東北工作，因他有土木專長，且工作認真，甚得長官同仁器重。

永正和冬梅來了東北十年了，冬梅為名助產士，育有一子一女，另有兩童是文化大革命友人託養，一家和樂，夫妻恩愛，被識者評為模範夫妻。

（一）

蔣永正房子，完全是取材於當地黃土及木材，一切自己設計，因土牆厚，除了兩個窗口，其他密不通風，牆上有水管熱氣，所以屋外寒風砭骨，屋內卻溫暖如春。

今天是蔣家主人蔣永正四十歲生日，其妻江冬梅與子女為永正生日忙碌著，江冬梅、蔣永正同年，因保養得宜，看去仍然是標緻中年女人。

每人穿了厚重冬服，除了小孩，每年量身而製，或鄰居小孩長大贈送衣褲，大人則是舊衣為主，當時大家生活窮苦，有句民諺：「新三年、舊三年，縫縫補補又三年」可見當時的民眾風俗。

這時已近下午五時，全家大小都在等永正歸來，慶祝生日。

冬梅繫圍裙在廚房切煮。

老大蔣旭東十歲，少年老成，友人託孤，剪大紅「壽」字。

老二蔣旭陽，九歲，冬梅親生，機靈能幹，在一個粗製的圓餅上，插上四枝小燭。

老三蔣莫愁，七歲，冬梅親生女，一如母親，眉清目秀，喜歡哼哼唱唱，練著生日快樂歌。

老四蔣莫依，小女，才五歲，友人託孤，柔順可人，用毛筆畫著父親，鼻涕流出來，擦鼻涕時，不意臉上多了一筆墨水，滑稽，可笑。

莫愁首先發現，指小四叫著：「哥！你們看。」

莫依還蒙在鼓裡，不知究理，問說：「哥！你們笑什麼？」

旭東、旭陽見了捧腹大笑。

「笑你這個小老頭，笨蛋！」莫愁笑著說。

莫愁隨手拾起一塊抹布，替妹妹擦了臉。

莫依這才知道取笑自己，拿起桌上零食，丟向二哥。

旭陽亦回敬，這時氣氛熱鬧起來。

旭東大紅壽字，已剪好，貼在飯桌牆上。

冬梅抬頭看看破舊掛鐘，掛鐘將到六點。

冬梅說：「你們準備好了沒？爸爸快回來了。」

冬梅說著，掛鐘響了六下，鐘擺突然掉了下來，冬梅皺眉一愣。

「這口舊社會掛鐘，早該丟了！」旭東說。

冬梅不以為然，立即說：「胡說，這是你們爺爺的遺物，將來還要帶回家鄉去。」

冬梅隨即拾起鐘擺，仍掛在老舊鐘內，但鐘擺已不再運行了。

冬梅回到廚房，繼續擀著餅食，眉頭皺了起來。

「是該回來了！」她隨意說著。

莫愁最體會大人的心，說著：「媽！是不是爸忘了今天是他生日？！」

「不會吧！早上我還提過。」冬梅向窗外望了望。

窗外風雪交加。

冬梅心不在焉，繼續擀餅，終於她解下圍裙對孩子們說：「我去單位，掛個電話問問看。」

冬梅隨即穿著禦寒衣帽。

突然重重敲門聲傳來。

旭東搶先說：「爸回來了。」

眾子女雀躍。

冬梅亦喜形於色，一邊脫衣帽、一邊說：「旭東，快點上紅燭，等爸爸一進門，大家就唱「生日快樂歌」。

旭東點了紅燭，燭光搖動。

這時重重敲門聲又傳來，夾著一個大男人的聲音喊著：「蔣大嫂！快開門啦！」

冬梅和孩子們一愣。

「不是爸爸？！」旭陽說。

冬梅打開門，一陣風夾帶雪花飄進門內，四支燭光立熄。

眾人輕驚呼「呃？！」

冬梅見穿著笨重工作服的老余，上氣不接下氣喘息著。

「老余！永正呢？」冬梅問說。

「他，他出事了？！」

冬梅和子女甚感意外，但冬梅還是力持鎮定。

問說：「你說什麼？」

老余因係一路趕來報訊，仍是上氣不接下氣，結結巴巴說著：「工，工地塌翻，搶救鄭成明，自己受了重傷。」

眾人聽了，子女各個變色。

莫愁、莫依立即依偎在冬梅懷裡，叫著：「媽！」

冬梅雖然驟聞噩耗，內心很驚慌，但她抓住門柱，力持鎮定，問說：「人呢？」

「在人民醫院。」老余說。

冬梅向子女掃了一眼。

子女意會，迅速加添禦寒衣帽，跟著母親一行匆出。

建國初期，醫院設備比較簡陋，尤其在東北邊疆，粗具規模，約四十多歲鄭成明著了工作服兩手摀臉，良心不安與妻子坐在病房門前走廊木椅上。

他倆聞多人足步聲，抬起頭，一臉滄桑，灰頭土臉。

冬梅及子女心焦進來。

鄭成明眼眶含淚水，連忙迎上。

「大嫂，我該死，是我害蔣大哥的。」鄭成明哽咽說著。

冬梅一怔：「怎麼一回事？」

鄭成明一邊擦淚，一邊說：「工地塌了，我被壓在沙土下，蔣大哥本可逃過一劫，是他、是他回頭救我，才，才⋯」他已嗚咽不成聲了。

冬梅拍了拍鄭成明的肩，表示安慰。

「他人呢？」冬梅問著。

鄭成明指了指病房門。

冬梅一怔，正要推門，不料門開，走出一個穿了灰布長衫的醫生。

冬梅連忙迎上，問說：「大夫！我是蔣永正的愛人，請問蔣永正⋯」

醫生看了冬梅一眼，同情地搖了搖頭。

冬梅率子女迅即入內。

蔣永正躺在病床上，頭部包扎紗布，有血跡，掛著氧氣，生命垂危。

護士在整理氧氣。

冬梅和子女圍著病床，冬梅心疼不已，差點哭出聲，忙用手摀著。

「怎麼會？怎麼會這樣？！」冬梅心亂如麻，語無倫次。

永正微張眼，見是妻子及子女，眼淚流下。

冬梅掏出自己手絹，替永正擦淚，一邊強忍悲痛說著：「永正，今天是你四十歲生日啊！孩子們都為你準備小禮物。」

儀器顯示脈搏微弱。

護士連忙向冬梅耳語。

冬梅聽後，似昏暈狀，又強忍住，哽咽地對孩子們說：「你們爸爸時間不多了，把你們的禮物獻上吧！」

旭東張開一個大紅壽字。

「爸！這是我剪的大紅壽字，祝您快點好起來。」

永正看了一眼，又雙眼閉上。

旭陽臉貼近永正，拿出一張紙，在他耳邊說：「爸！這是我的期考成績單，我是全班第一名。」

永正嘴角露出一絲微笑。

莫愁也靠近永正耳邊，說：「爸！我只會唱生日快樂歌，我唱了！祝您生日快樂！祝爸生日快樂⋯」

莫愁哽咽地唱著，其他兄妹輕輕合唱。

冬梅轉身抽泣。

永正睜開眼看了看子女，又忽難過地抽搐嘴臉。

冬梅見狀，連忙在他耳旁問說：「永正，你是哪兒不舒服是不？」

永正閉上眼，嘴臉不再抽搐。

莫依這才拿了一張墨畫，在永正耳旁說：「還有我呢，我畫了一個爸爸。」

莫依張開紙，是一個濃眉大眼的男人。

永正安慰地點點頭，隨後又想張開嘴說什麼。

冬梅發覺，忙把耳朵伸向永正嘴。

永正聲如游絲說著：「冬梅，對不起~妳，我，我是不行了，妳要申請調、調回家鄉，侍奉我媽，把~把這~這幾個孩子扶養成、成人。」

永正好不容易說完，手指鬆開，頭一偏，嚥下最後一口氣。

鄭成明跪下哭喊：「蔣大哥！啊⋯⋯」

冬梅終於大慟哭喊：「永正！永正⋯⋯」

眾子女哭叫：「爸爸！爸爸！」

儀器顯示，呼吸停止。

仙樂揚起，朦朧中，

好似看見蔣永正向天空，上升上升。

（二）

大陸東北，冰天雪地，江南鄉下陸地呢？雖然有時也寒風砭骨，但農家油菜花，盛開滿山遍野，橘黃色景象，令人心曠神怡。

蔣永正的母親，一直住在女婿家，女婿羅世廷學有專長，工作努力，甚得長官器重，派任當地供銷社經理，他的房舍本是國民黨高官所有，這個高官逃去台灣，為共產黨沒收，撥給供銷社經理住居。

一間廣大平房，有三個房間，前有花園，種滿花木，後有豬舍，花園中有一堆積雜物的木板房，四周有圍牆，大門漆了鮮紅朱色，頗有氣派，是橫沿小市鎮最具規模的豪宅。

東北因蔣永正驟逝，弄得天翻地覆，而妹夫羅世廷家，一如以往，溫馨歡樂。

這天是週六，下午世廷已下班回家，雇來的大媽正在忙著晚餐，其妻蔣永娟無所事事，在梳妝鏡前，發現一根灰白頭髮，很想拔掉，她快四十了，已生了一子一女，不仔細看去。仍然是眉清目秀，是個中年美女。

蔣母尖嘴，兩個眼袋，在客廳一角，替小外孫縫補什麼？

羅世廷的十歲兒子羅小軍，與九歲的女兒羅小娟，玩官兵捉強盜遊戲，在外婆週圍，跑來跑去，弄得外婆頭暈眼花。

「小軍、小娟！你們不累嗎？來，坐在外婆身邊歇一會。」蔣母微笑招呼著。

小軍、小娟充耳不聞，仍大叫大喊追逐著。

這時門口，有個大男人聲音叫喊著：「羅世廷電報！羅世廷電報！」

永娟耳聰目明，聽了「電報」二字，立即對子女大喝：「小祖宗，你們不要瘋了好不好？！」

外面的男人，一邊重重敲門，一邊又大喊著：「羅世廷先生！電報！」

羅世廷正斜靠在室內沙發上，看報紙看得入神，沒有聽到門外叫聲。還是永娟提醒他。

「世廷！你的電報！」

世廷這才走出，一邊嘀咕：「什麼人打來的？！不打到供銷社，打到家裡來。」

他走過院子，開了大門，郵差站在那邊，遞給他一封電報，並請他簽名。羅世廷關了大門，隨即撕開電報信封看著，臉色大變，忙取下近視眼鏡，用衣角擦了擦再看，急的快步入內，一邊喊著：「媽！媽！不得了了，永正出事了！」

話甫畢，人已到岳母面前。

蔣母聽了兒子出事了，心一急，針刺傷了手指，口吃的忙問：「你！你說什麼？」

永娟一聽也大驚失色，停止找一根灰白頭髮，雙眼望著丈夫。

世廷再瞄瞄電報，考慮如何稟報岳母這個噩耗。

「您老人家心裡要有個準備！」

蔣母更是意外，手扶著桌面，顫聲問說：「永正怎麼樣？！」

世廷看了妻子一眼，一時不知如何回答。

永娟忙搶過電報，看著手顫抖不已。一邊含淚說著：「是冬梅打來的電報，說是哥哥礦場塌翻，哥搶救另一個人，而自己受重傷…不治，哥臨終叫冬梅嫂子帶孩子回家鄉來…。」

蔣母愣了一會，才聲嘶力竭叫著：「不！這不是真的！這不是真的！」

「可冬梅的電報，是這麼說的。」永娟一邊擦淚，一邊回答。

蔣母這才呼天喚地，悲痛欲絕，哭喊著：「我的兒啊！我早就知道，江冬梅是個不祥的女人，永正偏不信，現在給我料到了吧！我的兒，我的兒啊！」

突然蔣母全身發顫，搖搖恍恍，將要倒下。

永娟適時抱住她，也悲傷地叫著：「媽！媽！」

兩個小孩，也被驚住，不敢再吵鬧了。

（三）

鏡從永正遺照拉出，見蔣家大小左臂佩有少量黑布，一臉孤寂，不時擦淚。

冬梅用揩布擦了遺照鏡框，對孩子們說：「孩子們！你們父親一生心地善良，忠正不阿，這次是為了搶救別人，而犧牲自己，這種精神值得我們驕傲，當然他走了，我們內心非常難過，但是我們必須向前看，該幹活的幹活，該用功讀書的用功讀書，整日愁眉苦臉于事無補，我已經遵照你們父親臨終囑託，申請調回浙江家鄉，那邊的文化水平比較高，所以你們必須節哀順變，以不辜負你們父親生前的期望！」

老大旭東擦了淚水，低聲說道：「媽！我們知道了。」

旭東、旭陽拿起書本看著。

莫愁受了感應：「媽！我要幫忙做家事。」

莫愁拿起掃把掃地。

莫依倚在母親身邊，用手背擦母親眼角淚水。

莫依乖巧地說：「媽！你自己也要堅強！」

冬梅一聽，頗為感動，一把抱過莫依，嗚咽不止。

正這時鄭成明夫婦帶了大包小包，推門進來。

「蔣大嫂！」他倆叫著。

冬梅意外放下莫依，站起招呼：「哦！是你們，請坐！」

冬梅倒茶。

孩子們一個個退回房間。

正堂只留下冬梅和鄭成明夫婦。

成明見蔣永正遺照，夫妻倆還特別在遺照前行了三鞠躬，然後落座。

鄭妻首先發言：「蔣大嫂！這次的不幸，真是沒有想到。」

冬梅淡淡一笑說：「過去的事情已經過去了，不要再提了！」

「不！我會終身有愧。」成明感激地說。

鄭妻瞟了丈夫一眼，對冬梅問說：「那申請南調的事，辦妥了吧？！」

「正在辦，不過聽說跨省調動，不是那麼容易。」冬梅回說。

「當然、當然。」成明回應。

鄭成明夫婦來，是有重要事情參商。所以鄭妻考慮一會，然後說：「蔣大嫂！我們來，是想……」

冬梅望她，不知他們來意。

鄭成明連忙搶著說：「我和我愛人，已經決定了，若是蔣大哥不來搶救我，蔣大哥是不會傷重不治的，所以我們是帶著感恩的心情，希望大嫂答應我們，奉養你們母子終生！」

冬梅一聽，非常感動，站了起來說：「謝謝！你們有這份心意，我已經很感動，南調的事，是我們永正臨終囑託，我一定要辦到。」

成明對望了一眼，鄭妻轉移話題，對丈夫說：「你不是還有事，對蔣大嫂說。」

成明微笑說：「對了，對了，我差點忘了，蔣大哥因公殉職，撫養金已經核准。」

鄭成明將一小包錢，放在桌上。

冬梅拿了錢包，一邊說：「領導已經來過好幾回了，我和孩子們都非常感謝。」

「三百塊人民幣，請你數一下。」成明說。

「不會錯，謝謝！」冬梅望了望錢包說。

成明夫婦站起準備離去，走了一步，成明又對冬梅說：「南調的事，有消息，我立刻來通知妳」

冬梅點了點頭，說了一聲：「謝謝！」

鄭成明夫婦再向蔣永正遺照，一鞠躬後離去。

（四）

浙江省遂安縣，横沿鄉供銷社經理羅世廷家，正在用晚餐。

蔣母一臉哀戚，坐一邊，不入席。

女兒永娟看在眼裡，連忙招呼：「媽！吃飯了。」

蔣母充耳不聞。

永娟過來拉她：「媽！妳要保重身體啊！幾天來，妳沒有吃什麼，身體會垮的啊！」

蔣母還是坐在一邊擦淚：「永正走了，我的心也挖走了，我活在世上還有什麼意義？」女婿羅世廷也過來勸道：「媽！永正不幸，我們都很難過，希望您老人家節哀順變。」

蔣母突然想起什麼問說：「對了，永娟！我叫你寫信給那個女人，叫她不要來，妳寫了沒有？！」

「還沒。」永娟老實答說。

「她剋死我兒子，我不會原諒她。」

「冬梅後來又補了一封信，說這是永正的臨終囑託，她要排除萬難，回來家鄉。」世廷又補充說明。

蔣母臉色一變，厲聲說：「告訴她，送還旭陽、莫愁兩個永正親骨肉，其他的人，我一概不見！」

永娟有點為難：「媽！」

「我這麼說，你就這麼寫，聽到沒有？」萬分有偏見的老太婆，固執己見，就是有十頭牛也拉不回來了。

永娟望了望丈夫，只好無奈地說：「是，媽！」

* * *

一部拖拉機停在蔣家門口。

蔣家冬梅率子女準備去城鎮，搭車南下，每個人均背上一個大包袱。以高矮順序，跟著母親走近拖拉機。

鄭成明夫婦及鄰居婦人，均來送行，有的送雞蛋，有的送水果。

鄭妻拉著冬梅手說：「蔣大嫂！祝你們一路平安。」

冬梅答謝：「謝謝！」一邊和其他鄰居打招呼。

鄰居甲說：「到浙江家鄉就來信。」

「好的，謝謝！」冬梅答說。

鄰婦乙關心地說：「你們婆媳一向不好，倘若妳婆婆不收留，你們回來就是。咱們這邊需要妳。」

這句話說到永娟心坎裡，兩眼泛紅，緊握鄰婦乙的手，但表面還是忍著：

「我想不至於。」

鄰居甲又說：「蔣嫂！這次妳能南調，確實不容易啊！」

鄭成明對這件事，盡了一點力，所以比較了解，他代冬梅回答：「這是因為上級領導，體恤蔣大哥是因公殉職，所以才破格核准。」

冬梅抱拳：「總之，我謝謝各位了。」

冬梅一邊招呼孩子上車，一邊再次和送行的握手道別。

正這時，郵差騎著自行車飛馳而來。

「江冬梅！信！」郵差大聲叫著。

郵差將信交在冬梅手裡，掉頭而去。

冬梅拆開信，看了一下，臉色大變。

鄭成明看在眼裡，忙問：「蔣大嫂！發生什麼事？」

冬梅將信遞給鄭成明。

鄭成明看了一眼，也感為難：「這樣吧，妳把旭東和莫依留下，等老太太想通了，我再送去！」

但冬梅堅定回說：「不！手心手背都是肉，任誰也拆散不了我們！」

「可是妳的處境？！」

「船到橋頭自然會直，日子會過去的，再見了，各位好鄰居，再見！」

這封突然來的信，更激起冬梅鬥志，她昂起頭、挺著胸，上了車，揮揮手，車子開走了。

（五）

這是南下的普通列車，經商的、做工的及小販，把一列火車廂，擠得滿坑滿谷，水洩不通。

冬梅帶領背包袱的子女進入車廂，心就涼了一半，但她也有經驗，見縫就插，先安排小四莫依坐在一個大鬍子身旁，再安排莫愁坐在老女人之間，嘴裡不時念著”謝謝“　”不好意思“　”借光“等客套話。

一個大腹便便的孕婦來了，冬梅看無人讓座，她立刻叫莫愁起來讓座，孕婦感謝不已。

又有一個病老頭過來，他搖搖晃晃站不穩，冬梅扶著他，莫依站了起來：「媽！我讓給爺爺坐。」莫依乖巧讓位。

老人感動了：「閨女！難得妳這麼懂事。」

冬梅把莫依拉近身邊，摸了摸她的頭，表示嘉許。

年輕的男女個個閉眼裝孫子。

老年的有心無力，站起想讓坐，被冬梅按著不必站起。

火車開動著，莫依站不穩，一頭栽在一把斧頭刀口上。

頭破血流，這才引起注意，這才引起同情。

青年們讓坐了，一家五口坐在三個人的座位上。

冬梅帶有簡便醫藥箱，連忙替莫依止血、消毒，又用紗布包扎，然後緊抱著莫依。

火車停停駛駛，乘客進進出出。

有人打盹了，孩子們也受到感染，歪東歪西睡覺了。

大家都睡了，唯獨冬梅心事重重，睜大了雙眼，望著窗外，擺在眼前的是一條坎坷的道路，她要如何走下去?冬梅和婆婆的關係，一向不睦，以前還有永正在，現在永正走了，她要單獨面對那個充滿偏見的女人，是的，婆婆一開始，就有偏見，打從 1962 年開始…窗外的樹林飛馳而過，她跌入回憶…

一九六二年春天，農地，油菜花正在盛開。

永正才二十歲左右，一個英俊的男孩，穿了夾克、圍了圍巾，騎著自行車，向目的地飛馳，氣宇軒昂。

冬梅大概十九歲，青春美麗，穿了緊身衣褲。也圍了紅色圍巾，騎了自行車，向目的地飛馳。

冬梅先到，冬梅調皮地躲在一株大樹後。

永正趕來，停了車，四處觀望，永正發現了冬梅。

冬梅急躲，一個追、一個躲。

永正偽裝扭傷了足，冬梅過來探視，永正逮個正著，抱住她不放。

「你好壞!你好壞!」冬梅笑著說。

「我是壞人堆裡挑出來的。」永正回說。

冬梅翹嘴生氣了。

永正也站起來,笑著說:「大學畢業、身家清白、心地善良、人品出眾。」

冬梅掙脫了永正,對著他說:「那你說,你有什麼好?」

「冬梅!妳怎麼啦?」永正不解。

「哦,你身家清白,我江冬梅的父親在台灣,右派黑五類,配不上你?」

「又來了、又來了,我不是說過,我不在乎,我要的是妳的人,婦產科畢業,年輕助產士,有一技在身。」

「就是這些?」顯然冬梅並不滿意。

「當然,你正符合我蔣永正,求偶條件。」

「你求偶還有條件?能不能說說?」

「這、這,空閒時寫著玩的。」永正有點臉紅。

「說吧!那我倒要洗耳恭聽!」

逼得蔣永正不得不坦白,於是她擺了一付姿態,裝腔作勢,說著:「妳聽到啊!我蔣永正配偶的條件是:第一、人要秀氣。第二、手要勤勞。第三、足要踏實。第四、志向要高、但慾望要淡。」

永正說完,定睛看著冬梅。

冬梅笑笑說:「哪有這麼好的女人?除非你去訂做。」

「不！經過幾個月的觀察，我發現妳樣樣具備。」

真是情人眼裡出西施，但是冬梅內心是喜悅的。

笑著說：「永正，你把我說得太好了。」

「不，是我幸運，是我們有緣，踏破鐵鞋無覓處，得來全不費工夫。」

哪個男人不喜歡帶高帽子，哪個女人不喜歡聽別人的奉承。

於是冬梅含淚感動了，兩人對望一陣。

永正張開雙臂，冬梅奔去，投入其懷。

突然，蔣母出現在不遠處，鐵著臉，大叫：「永正！放開那個女人。」

永正、冬梅一看，是有偏見的蔣母，兩人連忙分開，冬梅轉身蒙臉。

蔣母又走近點，厲聲說：「永正！媽是為你好，為了你將來的前途，你只有跟她劃清界線，斷絕來往。」

永正痛苦的回答：「我辦不到，辦不到！」

蔣母臉色一沉，更大聲說：「你再說一遍！」

永正大聲：「我辦不到！」

蔣母氣極，走上兩步，一個耳光刷過去。

冬梅心疼的看永正含淚撫著臉。

「蔣伯母！」冬梅一看不忍，想勸蔣母。

蔣母冷冷地：「妳不配叫我！」

冬梅的個性是遇弱則弱，遇強則強，她聽了這句話，義正詞嚴地說：「大媽！蔣永正好歹是個工程師，妳動不動打他耳光，那不是糟蹋妳兒子！」

蔣母一聽更生氣：「呃！妳敢教訓我？！」

「我是奉勸妳，尊重別人，也是尊重自己，妳懂嗎？」

「氣死我了！氣死我了！」蔣母雙眼怒瞪。

冬梅又大聲對永正吼著：「蔣永正！你聽著，你有這麼關心的母親，你就是高官領導，我也不會嫁給你！」

冬梅氣極，跳上自行車，飛馳而去。

永正追喊不及，他看了看母親，也負氣騎車而去了。

留下一臉怒容的母親，站在那邊。

（六）

江冬梅騎自行車到達家門前，下車。不意發現門口，多了一堆稻草，她隨便瞄了一眼，怪鄰住不自愛，把稻草丟在人家門口，缺乏公德心。

她正待推門入內，忽然嬰孩哭聲傳來。

冬梅找尋嬰兒哭聲，竟來自稻草堆，撥開稻草，突然發現一個籃子，盛了一個棄嬰。

她甚感意外，向四周望了望，呆了一會，終提了籃子入內。

冬梅抱出嬰孩，檢視男嬰，嬰孩對她笑了笑，母性的天性，油然而生，她緊抱著棄嬰，親了又親。

她再翻動籃子內衣物，除了嬰孩衣褲，一瓶牛奶，還有一封留書，她展信看著「冬梅小姐！出於無奈，才有此下策，孩子是可愛的，也是無辜的，希望你能善心收養，大德容後再謝了，知名不具拜啟。」

冬梅看了信，狐疑的站著自言自語說：「知名不具？是誰呢？難道是我認識的人？！」

這時一個學醫的學長吳力，找上門來。

冬梅將嬰孩放入籃內，開了門。

年輕的吳力進來。

冬梅禮貌地招呼：「是學長？！有事嗎？」

「經過這兒，順便來看看妳。」吳力對這學妹一向有好感。

吳力發現嬰兒。

「娃兒？！哪裡來的娃兒？」吳力問說。

「我剛才回來，有人丟在我家門口，是棄嬰，你看這個。」

冬梅將留書交吳力看閱。

吳力看完說：「嗯！想必是熟人，妳同學？妳同事？」

冬梅回說：「剛才我也在想，就是想不出是誰，出此下策？我學校已畢業三年了，同事也不少，但是最近沒有發現懷孕的。」

「唉！在這年頭，可能是流串的青年？！」

「可是他們怎麼知道我住在這兒？」突然她又眼望吳力，懷疑的問說：「對了，學長！會不會是你？」

吳力連忙否認：「冬梅！這個玩笑開不得！」

「你緊張什麼？我是說！會不會是你告訴熟人，我住的地方？」

吳力摸下巴思索著。

「我是遇到幾個熟人，也告訴了妳的住址，難道是她們？」

「學長！你想想遇到誰？」

吳力一邊想一邊說：「徐紅英、張德愛、狗子、王亮，還有倩倩⋯⋯」

突然冬梅叫了起來：「對了、對了，可能是倩倩，聽說她遇人不淑。」

「嗯，日前遇到她，談吐中，她很消極，但沒有聽說她有孩子，這個孩子大概快一歲了吧？！」

冬梅半信半疑，點了點頭：「倩倩是我當年最要好的同學，若是託孤，也該當面來託我呀！」

「大概是不好意思，羞於見人吧！」

冬梅再度抱起嬰孩，看了又看，親了又親說：「學長！我們去找倩倩。」

「走了，剛剛坐火車走了。」吳力說。

冬梅抱著嬰孩坐了下去。

嬰孩哭了起來。

籃子裡有奶瓶，冬梅餵他奶，嬰兒哭聲立止。

「冬梅！那你怎麼打算？」吳力問說。

「受人之託，忠人之事，我決定收養。」

吳力搖頭：「你冷靜想過沒有？！你跟蔣永正的事，為了家庭因素，他母親已經大為不滿，若再加上這個嬰孩，那不是雪上加霜？！」

「學長！謝謝你提醒我，我要的是一個全心全意愛我的男人，倘是他不能體諒我，缺乏愛心，我又怎麼能跟他過一輩子？」

「我很欣賞妳這種處世態度，可惜咱們緣分太淺，(洩氣地)不說了，不說了，噢！」

冬梅有點歉意地，看了他一眼。

「這樣吧！我去替妳買些嬰兒吃的用的東西來。」吳力說完步出。

冬梅沒有道謝，也沒有表示拒絕，她再度注視棄嬰：「寶寶！可憐的寶寶，叫我一聲。」

孩子笑了笑：「口齒不清地叫了一聲『媽媽。』

冬梅眼角濕了，她緊緊抱著棄嬰，堅定的語氣說：「我要了，我要定了！」

火車很規律的行駛著。

火車鳴著汽笛。

旅客大多打盹，也有人吸菸，煙霧迷茫。

冬梅注視旭東，旭東剛好打個空盹，嚇得醒了過來，隨即又閉眼打盹。

冬梅疼愛地摸了摸他的頭。

冬梅心理說著：「十三歲了，這孩子老成懂事，沒有辜負我一片疼愛，但在當時，卻也帶給我誤解和煩惱，冬梅又溶入回憶⋯⋯

冬梅正在撕被單做尿片。

吳力提了嬰孩用品進來。

「學長，妳還真的買嬰孩用品。」冬梅有點意外。

「可不是，我不能看妳手忙腳亂。」吳力這才發現冬梅撕被單當尿片，又說：「好，真有妳的，這是克難尿片。」

「棄嬰難不倒我，我在學校學過。」

「所以人家找上妳，這段時間有人來過？」

「孩子哭了，引起鄰居好奇，過來看看。」冬梅答。

「冬梅！妳心裡要有個準備，剛才在門口，我看見三姑六婆，向這邊指指點點，恐怕會造謠生事。」吳力擔心地說。

「身正不怕日影斜，我怕什麼？」

門開著，似有腳步聲，冬梅向門口望去。

蔣母鐵著臉，和永正站在那邊。

蔣母威嚴地說著：「永正！我的兒呀！你睜開眼睛看看清楚，這是你心愛的女人，這是你說天上少有，地下無雙的女人，你說她愛情專一，你說她手勤勞、足踏實，如今呢？謎底拆穿了吧，她已經有了孩子，她是個玩弄男人的騙子！」

冬梅一聽，連忙大聲回應：「不！你們誤會了！」

蔣母怒瞪雙眼：「到了如今，妳還狡辯？！」

吳力挺身出來作證：「蔣伯母！我可以作證，這個孩子是有人托冬梅收養的！」

「誰？誰願意把孩子交給一個大姑娘家，我看是你們自己的吧，不然不會如此熱心張羅？！」有偏見的蔣母一口咬定。

冬梅氣極了，脹紅了臉，大聲回應：「妳，妳們怎麼可以無中生有，含血噴人？！」

永正一步步接近冬梅，痛心地說：「江冬梅！妳告訴我，是不是真如媽所說，這孩子⋯⋯」

「下午我從樹林回來，在門口撿的，你看，這是孩子身邊的留書。」冬梅交出留書。

永正看著。

蔣母又說：「這種東西，不可造假？這是在掩人耳目！」

永正把留書拋在一邊：「冬梅！妳老實說，這孩子究竟是怎麼一回事？」

「我一五一十告訴你，你居然不相信，那隨便你們吧！你們愛怎麼樣想，就怎麼樣想！」

「鐵證如山，妳狡辯不了！」蔣母是死不認錯。

冬梅氣極，口不擇言，大聲吼著：「是的，是我的孩子，你們管得著嗎？現在你們給我滾，滾…滾…」

永正忌妒沖昏了頭腦，一個耳光打在冬梅臉上，吳力欲阻止已不及。

「蔣永正！你怎麼打人？」吳力大聲說著。

永正狠狠瞪了冬梅數秒鐘，才與母親步出。

冬梅呆住了，她是萬萬沒有想到的。

吳力想過來安慰。

冬梅用手阻擋他。

「你也走吧！讓我一個人清靜一下。」冬梅低頭說。

吳力同情地看了冬梅一眼，轉身走出。

冬梅欲哭無淚，走了兩步，跌坐在床上，自言自語：

「我是跳到黃河也洗不清了。」

* * *

火車繼續行駛著。

冬梅仍然毫無倦容，目光遲滯，望著窗外回憶著：

在冬梅獨立無援，四面楚歌的時候，公道自在人心。

一位鄰婦，挺身出來作證，曾看見一個女知青提了一個籃子，放在江冬梅門口。

那個孝子，這才知道自己魯莽，冤枉冬梅了，他一次兩次向冬梅請罪，請求原諒。

冬梅已傷透了心，避不見面，連一向和蔣老太太一鼻孔出氣的女兒蔣永娟，也說了公道話。

不小的雨點，打在羅世廷玻璃窗上。

蔣母在縫補什麼。

永娟在一旁嘀咕：「媽！妳也真是的，這種事情怎麼能捕風捉影呢？現在可好，有人出來作證，確實是棄嬰，妳是兩邊不是人！」

老太太還是強詞奪理：「這種事，也很難說！」

「媽！我看你是死認定那個嬰孩，是她自己的？！」

「對，我就是這個意思。」

「可是哥哥相信了，她去找江冬梅請求原諒，卻一次兩次碰了釘子，弄得他尋死尋活。」

「這個沒出息的東西，天下女人多得是。」老太太四望後又說：「妳哥哥呢？」

「誰知道，說不定又在江冬梅房子外面站崗。」

「這麼大的風雨，這個該死的東西！」

室外風大雨大，雖然是江南，究竟已是秋末，有點冷意，永正已一身濕透，站在冬梅門口，他頻頻敲門，聲嘶力竭，喊著：「冬梅！冬梅！是我誤會了，是我錯了，我不該冤枉妳，我不該打妳耳光，現在我自己打自己，我該死，我不是人！」

屋內冬梅背靠大門，含著淚，咬著牙強忍著。

永正在屋外，還是叫著：「冬梅！請妳開開門，我來向妳請罪，妳聽到沒有？妳不開門，我日日夜夜守在門外，等妳回心轉意。」

冬梅狠狠叫著：「做你的大頭夢吧！你傷透了我的心，我不會再理你了，你走……！」

風雨打在玻璃窗上。

永娟撐了傘走來。

永正已一身濕透，寒冷發顫。

永娟心疼地勸著：「哥！回去吧！她正在氣頭上，等她氣消了再來。」

永正望了望永娟，同意地點點頭，遲疑一會，才在永娟攙扶下離去。

＊　＊　＊

冬梅正在為嬰孩餵食。

吳力帶了水果進來。

兩人互望一眼未語。

終於還是吳力先開口了：「妳真的鐵了心了？！」

冬梅無反應。

「照說，在妳面前，我不該說蔣永正的好話，不過，在這些日子看來，他確確實實是深愛著妳的。」

冬梅看了吳力一眼，覺得學長心地善良，沒有趁虛而入，破壞她與永正感情。

「受了寒，可能是傷風症。」

冬梅想開口又止，但顯然是關心了。

「你們究竟是多年朋友，若是換了我，我會去看他。」吳力又勸著。

冬梅餵食停了，考慮俄頃，將奶瓶交給吳力。

「你替我餵一下。」冬梅說。

吳力接過食物，望著冬梅。

冬梅披了外衣，快步出。

蔣永正家中，永正發高燒，躺在床上。

蔣母心煩，在正堂踱步。

敲門聲傳來。

蔣母開了門。

冬梅手提一袋水果進來。

蔣母意外。

冬梅冷冷地說：「聽說永正病了，我來看他。」
正當蔣母表示不歡迎，永娟適時出現，拉了拉母親衣服。
「在裡邊，妳自己進去吧！」永娟做了好事佬。
冬梅輕輕回了一句：「謝謝！」
蔣母白了女兒一眼，表示不滿。
永娟在母親耳邊輕語：「她來了，對哥的病，有好處。」
母親嘴裡嘀咕，但聽不清楚。
永正在床上，發高燒，閉目哼著，額頭上放了一塊濕毛巾。
冬梅推開門進內，遠遠站著。
永正還以為是妹妹進來了，說：「永娟！給我水，水…」
冬梅坐在床沿上，端水給他喝。
永正喝了水，睜眼一看是冬梅，驚喜。
永正：「是妳？！」永正想坐起，冬梅按了他，但他還是坐起。
冬梅用枕頭墊他背。
冬梅按了他額：「還沒退燒？！」
永正咳了兩聲說：「大夫說，我受了風寒了，冬梅！我，我…對不起妳！」
冬梅用手堵他嘴。
「別說了，一切都別說了。」
「那妳是原諒我了？！」

冬梅點頭。

永正抓住她的手，放在嘴邊，溫馨地閉目吻著。

正堂那邊，老太婆氣得甩碗、甩筷說：「氣死我了，氣死我了！」

永娟呢，說著風涼話：「媽！想開一點吧！我看是一百零八頭牛，都拉不回來了。」

室內永正、冬梅正在卿卿我我。

「冬梅！我們趕快結婚吧！夜長夢多，我受不了了。」

「那，那個棄嬰呢？」冬梅問。

「我們收養！」永正堅定地說。

「你不後悔？！」冬梅又問了一句。

永正搖頭。

「你媽對我有成見，她不會答應的。」

「其實，我媽也不是不通情理？！只是一時彆扭，還有一件事，我要告訴妳，我已經申請北調東北礦場，若成功，妳們婆媳間的問題，就不存在了。」

正堂與室內的話，兩邊都聽得週全。

蔣母還故意大聲說：「走吧！走得遠遠地，我眼不見心不煩！」

永娟也故意大聲地說：「媽！妳是答應了？」

蔣母也繼續大聲說給室內聽：「永娟！妳告訴那個沒出息的哥哥，我不會再管他的事了，要結婚，到外地再說！」

永正與冬梅聽後，驚喜地擁抱在一起。

就這樣，蔣永正、江冬梅，帶著棄嬰來到東北，他們在工作單位舉行簡單的婚禮，成立小家庭。

冬梅也擔任衛生所助產士，十年來冬梅生了一男一女，一家五口，生活平淡中有樂趣，四年前，冬梅又受好友託孤，又收養了一個女孩，也就是乖巧的小四，永正和冬梅當她(他)們是自己親骨肉，一視同仁。

火車速度變慢，擴音器的女生說著：「各位旅客，浙江衢州站到了，要下車的旅客，請準備下車。」

「媽！我們新家，不是在浙江嗎?到站了。」旭陽提醒母親。

「孩子們！準備下車，快！」冬梅下著命令。

孩子們伸著懶腰，打著哈欠，揹起沉重的行囊，向車門擠去。

一輛拖拉機，把冬梅及子女，送到橫沿小市鎮，冬梅付了錢，子女個個下車。

冬梅捧著永正遺照。

冬梅向一鄰嫂打聽永正妹夫羅世廷地址。

鄰嫂向紅漆大門指了指。

這麼巧，他們剛好停在附近，冬梅望了大門，有點氣派，心中雖有點怯意，但還是敲了門。

屋內永娟聽到了，大聲問：「誰啊？」

「請問一下，這是羅家嗎？」冬梅也大聲問。

「是羅家，妳是誰？」

「我是冬梅，我們到了。」

屋內全家震驚，張口結舌。

蔣母鐵著臉，對永娟說：「我不是叫妳寫信，叫她們不要來的嗎？」

「我寫了。」永娟回說。

在一旁的羅世廷懂得人情世故，人家遠從東北回來，不能拒於千里之外，乃向岳母懇求的說：「出去看看吧？！」

蔣母一臉怒色，首先步出經過花園，再去開大門。

永娟、世廷及子女，緊跟在後。

幾位鄰居及小孩在旁，交頭接耳，說著什麼。

紅漆大門打開了，蔣母鐵著臉，站在那邊。一婦擋關的姿態，令人生畏。

（七）

但是冬梅還是趨前喊了一聲：「媽！」

冬梅又暗示子女叫奶奶。

眾子女喊著：「奶奶！」

冬梅想解釋：「媽！永正他……」

蔣母見永正遺照，一把搶過去，呼天搶地哭了起來。

冬梅望向永娟和身旁的羅世廷點頭招呼。

「我的兒啊！……啊……。」

冬梅哽咽的說：「我們也沒有想到。」

蔣母將永正遺照交永娟，一把瘋狂地抓住冬梅兩肩，搖著哭著：「是妳！剋死我的兒子，還我兒子來，還我兒子來！」

「媽！妳聽我說。」

蔣母還是一臉怒色，一臉淚水，仍是用力搖晃著：「我早就知道，妳是個不祥的女人，我早就知道，妳會給蔣家帶來災難，是妳害死了永正，還我兒子來，還我兒子來。」

鄰婦拉勸。

鄰婦甲：「蔣大媽！蔣大媽！有話好說。」

永娟站在那邊，心想一下子增加五口吃喝，冷眼旁觀。

羅世廷想拉勸，看妻子冷眼，一時不敢舉動，內心是同情的。

羅家子女一個個盯著冬梅子女。

蔣母終於被拉開。

冬梅兩手攏了攏頭髮說：「媽！永正不幸離開我們，內心難過的，不止是妳一個人。」

蔣母怒目望了冬梅一陣說：「我們給妳的信，收到沒有？」

冬梅點頭：「收到了，這是永正臨終囑託，媳婦不敢違背。」

「多冠冕堂皇的話？可是我不願看見妳，壓根兒都不想看見妳。」蔣母說到這裡又自己搥胸：「永正！我的兒呀！你走了，媽今後怎麼辦？我不要活了，啊⋯⋯」

鄰婦乙又拉勸：「蔣大媽！蔣大媽！你要保重啊！」

「媽！我是來奉養您的！」冬梅道出真情。

蔣母吐了一口水，怒說：「呸！誰要妳奉養了？！我有女兒、女婿，他們待我都很孝順，妳給我馬上走！」

蔣家子女一聽，立刻背了行囊，靠近冬梅叫著：「媽！」

這才引起蔣母注意，對冬梅帶來的四個孩子，審視一會說：「誰是旭陽、莫愁？妳倆過來。」

旭陽、莫愁望母。

冬梅點點頭。

旭陽拉旭東，莫愁拉著莫依，走了兩步又止，望冬梅。

蔣母看在眼裡不滿：「都不是好東西，沒有一個是好東西，你們全給我滾、滾、滾⋯⋯」

蔣母示意捧著永正遺照的永娟及子女入內。

冬梅急喊：「媽！媽！請看在永正和孩子的情面上，收留我們吧！」

眾子女也叫著：「奶奶！奶奶！」

蔣母頭也不回，入內，重重關上門。

冬梅急喊：「媽！媽！」

冬梅好似支持不住，搖搖晃晃，鄰婦甲乙來扶她。

她終於跪倒了下來。

眾子女也慌亂一片，丟開行囊跪下叫喊：「媽！媽！」

鄰婦甲乙搖頭，同情連忙去拉冬梅。

冬梅已被拉起，又替她搧褲子灰塵。

鄰婦甲問說：「妳是蔣大媽的媳婦吧？！」

冬梅點頭。

鄰婦也同情問說：「打從哪裡來？」

「東北。」冬梅答。

鄰婦乙驚訝：「這可不近。」

旭東回說：「我們乘了三天三夜的火車。」

鄰婦甲說：「聽說妳的愛人出事了？！」

冬梅點點頭。

這時旭陽說：「工地坍塌，我爸爸是搶救人家，光榮犧牲的。」

鄰婦甲摸了摸旭陽的頭。

鄰婦乙說：「孤兒寡母的，可憐、可憐啦！」

鄰婦甲又說：「其實蔣大媽也就是這個脾氣，過去也就沒事了。」

鄰婦乙邀請：「要不要到我家裡坐一會？」

冬梅搖頭，望著緊閉的大門。

室內蔣母仍在氣頭上。

永娟呢？火上加油：「冬梅也真是的，自己兩個孩子已經夠受，還另外受人托孤，真是自不量力。」

世廷損她一眼：「妳不說話，沒人當妳是啞吧！」

永娟也沒好氣回說：「你想過沒有？一下子增加五口，以後日子怎麼過？」

「那怎麼辦？她們已經來了，妳要她們流落街頭？！」

「好了、好了，我不跟你爭了，反正你是一家之主，你做主吧！」

小軍、小娟還在你打我，我打你玩著。

「還吵！還吵！今後要勒緊褲帶了，你們知不知道？」

羅世廷看看妻子，又望望岳母。然後說：「媽！我看這樣吧！她們既然打老遠來了，我們也不能拒人千里之外，而且冬梅是助產士，有技在身，不怕找不到工作，我們只是暫時收留，不然的話，傳出去，也不大好。」

永娟說：「我們房子只有這麼一點大，你要她們住哪裡？」

「我想過了，院子裡堆雜物的木屋，可以讓她們住居。

「哼！看她們母子女，臉皮真厚，趕也趕不走，他們敢情當我們是救濟院了?!」永娟一直反對。

羅世廷顯然對妻子不滿:「不過,我倒覺得我們家也需要人手,你看看,到處髒亂,江冬梅來了,可以幫妳整理家務。」

永娟損了世廷一眼:「你又在怪我!」

世廷夫妻舌戰?蔣母心煩,想避開欲走入內室,被羅世廷叫住:「媽!我去接他們進來?!」

蔣母停步,但未回頭,站了一回,步行走進自己臥室。

羅世廷想,大概岳母是默認了,乃快步走出。

鄰婦都走了。

冬梅陷入進退兩難。

孩子們鼓噪起來。

「媽!奶奶不收留我們,我們走吧!」旭東說。

旭陽也發著牢騷:「坐火車!坐了三天三夜,連大門都不讓我們進去!」

莫愁奴著嘴:「早知道,不來算了。」

莫依也跟進:「媽!奶奶好兇啊!」

是受到委屈了,冬梅怎能忍心斥責孩子,只有含淚撫摸孩子的頭,無語問蒼天。

這時,大門打開了,羅世廷走出,後邊跟了小軍、小娟。

世廷陪著笑臉走來:「大嫂!妳們受委屈了,對不起了!」

冬梅淡淡笑了一下，轉頭對孩子們說：「你們叫姑父！」

眾子女叫：「姑父！」

「好，好，我看了你們全家福的照片，你是旭東、你是旭陽，你是莫愁，他一個個摸頭，然後定睛笑笑說：「不要猜，妳是小四莫依。」他又摸了摸莫依頭。

孩子們微笑點頭。

「小軍！小娟！你倆過來。」

小軍、小娟走近。

世廷說：「喊舅媽！」

兩個孩子立即叫道：「舅媽！」

「嗯！乖！」冬梅也摸了摸他們的頭。

「你們聽著，這些孩子們的年齡，小軍最大。」世廷又說。

「我是大表哥耶！」小軍很得意。

「你知道是大表哥了?！大表哥有大表哥的樣子，今後你要多照顧表弟、表妹。」世廷叮嚀。

小軍、小娟同時說：「沒問題！」

世廷用手勢邀請：「大嫂！請吧！」

冬梅踟躕：「媽她老人家？」

「她就是這個臭脾氣，來的快，去的也快，火來了，連砍三斧頭，也就沒有事了！」世廷解釋。

世廷已幫冬梅提了行李。

冬梅還是踟躕不前。

「姑父！若是不方便，我們可以另找地方。」

「方便，誰說不方便，小軍、小娟幫忙提東西。」

於是孩子們一下子熟了起來，小娟拉了莫愁、莫依手說：「我要對同學說，我兩個表妹好漂亮。」

大家笑著，跟世廷入內。

世廷引著冬梅一行進來。

永娟站在廳口，兩手交叉在胸前，冷眼旁觀。

冬梅走過永娟身邊，由衷感謝：「謝謝啊！」

永娟翻了翻眼皮。

冬梅一行來到木屋前，世廷推開門，屋內堆滿雜物，蛛網佈結，樑上老鼠橫行，空氣污濁。

莫愁首先摀鼻：「呃！這地方怎麼住？」

冬梅斥責的眼神看著莫愁。

旁邊的永娟發話了：「怎麼？！不滿意？我還沒收房錢呢？」

冬梅連忙轉身陪笑臉說：「滿意！滿意！小孩子不懂事，不要見怪。」

「誰不想住高樓大廈，那要命…」永娟轉身離去，想了想又轉身：「我把醜話說在前面，眼前是收留了你們了，但是羅家不是救濟院，妳們得付出勞力代價！」

冬梅故作輕鬆地說：「當然！當然！謝謝了！這間屋子，比起當年我和他們爸剛到東北強多了，能避風，能擋雨就是我們的安樂窩。」

冬梅說完又分配任務：「莫依！妳去找抹布，莫愁！妳去找掃把，旭東、旭陽負責提水，咱們開始整理吧！」

孩子們退出。

世廷站在門口，捲起袖子：「大嫂！我來幫忙整理吧？！」

「不必了，謝謝！」

世廷轉身。不意永娟站在遠處，氣的眼珠都快掉出來了。

永娟、世廷進入屋內。

永娟重重關門。然後氣的坐在沙發上：「我們負責供她們房子住，已經不錯了，要你討她的好？（誇張語樣）大嫂！我來幫忙整理吧？！什麼時候你做過家事了？一雙破襪子在地上，都懶得撿，今天一下子勤快起來了？江冬梅長得漂亮，徐娘半老，風韻猶存，是不是？你！你啊！這個花心！什麼時候能改？！」

「仁慈點行不行？人家孤兒寡母初來乍到，我幫點忙是應該的！」世廷辯稱。

永娟斬釘截鐵說：「不行！你是供銷社經理，你有你的身份，現在我跟你約法三章，第一：你主外我主內，家裡的事，你不用管。第二：你不能和江冬梅說一句話。」

「這怎麼可能？！」

「不可能是吧？！好！那我馬上把她趕走！」

永娟欲開門出，被世廷拉住。

「好！妳…妳這個潑婦，我怕妳，第三呢？」

「第三，不准暗中接濟她！」

「妳可真想的週到。」

「答應了？！」

世廷點點頭。

永娟丟去紙筆：「那你給我寫下來。」

世廷一千個不願意，但為了形勢，只好一邊搖頭一邊拿筆寫著。

冬梅頭上扎了一塊布，帶頭整理著，先除蜘蛛網，再將雜物堆一邊。

一條小花蛇，向屋角爬去。

孩子們大驚。

莫依先叫了起來：「媽！蛇！蛇…」

莫愁也抱怨：「媽！太可怕了，又是老鼠又是蛇，怎麼住？！」

旭陽也發話：「媽！我們另外找地方吧！」

旭陽提起行李欲出，被冬梅叫住。

「走？！走到哪裡去？人家收留我們，已經是阿彌陀佛，去旁的地方要付房錢，我們有這個力量嗎？至於老鼠、蛇，我們有辦法對付，等會去向人家討點石灰！灑在木屋四週，蛇就不敢進來了。」

莫依又叫著，用手指：「媽！妳看！妳看！」

角落雜物有條蛇尾。

冬梅拿起木棍向角落走去。

旭東關心地：「媽！妳小心點！」

「沒事。」冬梅說。

但孩子們都怕地擠在一塊，一臉驚悸。

一條小花蛇，掛在那邊。

冬梅拿起小刀，從頭到尾割了下去，動作俐落。

「媽！妳好厲害！」旭陽敬服地說。

「我們知青，這些年上山下海，什麼事沒遇到過？這些天，我們太辛苦了，這條蛇正好替我們補一下。」

「清燉花蛇湯！」旭陽說。

「對！清燉花蛇湯。」眾孩子高興狀。

這時鄰婦甲、乙，端了小鍋、爐子、煤餅、炊具進來。

鄰婦甲說：「蔣家媳婦！妳們遠地初到，又帶了一大家子，我們想，這些東西，妳正需要。」

冬梅感動：「謝謝！謝謝！」

鄰婦乙說：「待會我們再去弄點蔬菜來。」

「這，這真是不好意思！冬梅眼眶濕了。

「哪兒話？誰都有困難的時候。」鄰婦乙說。

「那謝謝了，謝謝！」

冬梅正要轉身入內。

小軍、小娟捧著米、油、鹽、碗筷等物來。

「舅媽！這些是外婆叫我們送來的。」小軍說。

冬梅有點意外。

小娟加了一句：「外婆說，省點用，日子不好過。」

「替我謝謝外婆！」冬梅極感動含著熱淚說。

然後冬梅對子女說：「孩子們！我們抓緊時間，趕快整理，整理好，就可以燒飯了。」

（八）

木屋內，整理就緒，冬梅與二女一床，旭東、旭陽一床。

永正遺照掛在牆壁正中，窗戶上掛了一塊花布，生氣勃勃，勞動半天，大家都餓了，一個要喝水、一個叫著肚子餓。

「今天差不多了，其他明天再整理，現在我開始燒飯了。」冬梅環視四周，頗為滿意地說。

莫愁突然說：「哥！我現在才知道，以前舊社會，為什麼有人要拚死拚活鬧革命？！」

旭陽問：「為什麼？」

「餓啊！」莫愁答。

冬梅忙著炊煮，兩個爐子燒著什麼。

孩子們在院子，玩著彈珠，表兄妹水乳交融。

蔣母端了矮椅，坐在門口，冷眼看著一切。

一顆彈珠，彈到蔣母身邊。

莫愁怯怯走近去拾，叫了一聲：「奶奶！」

蔣母向她招手：「過來！過來啊！」

莫愁望了望木屋門口。

蔣母慈祥地抓了莫愁手說：「妳是莫愁對不對？」莫愁點點頭。

蔣母疼愛地撫其髮：「孩子！誰的心都是肉長的，妳爸死了，奶奶心理痛啊！」

莫愁乖巧地用手背擦奶奶眼角淚水。

蔣母端祥莫愁。自語：「多可愛的孩子，只是命太苦。」

想不到莫愁卻說：「我媽說了，我們要支配命運，不是命運支配我們。」
蔣母一聽，提起冬梅，有些反感，把莫愁一推：「高調，都是高調！」
遠處小軍叫著：「莫愁！妳快來啊！」
莫愁欲走，卻被奶奶拉著，她老人家特別從懷裡取出兩個紙包的餅說：「餓了吧？這兩個餅妳跟旭陽一人一個，偷偷吃，別讓旭東莫依看見了。」
剛好旭東過來，拾了彈珠，聽了，一臉不快。
莫愁莫名。
「妳明白了吧！奶奶疼你們兩個。」
莫愁點點頭。
「妳得先吃了！」
「不，我待會吃。」
蔣母放開莫愁，轉身入內。
冬梅忙著炊煮，未注意一切。
莫愁是聰明孩子，她瞞了奶奶的話，手裡拿了兩個餅說：「一人一半。」
莫愁分一半給旭東，旭東生氣，轉身：「我不要。」
「為什麼？拿著！」莫愁說。
「她跟妳說的話，我全聽到了，誰希罕她的餅？」
旭東接過餅，丟棄於地。
莫愁不高興，努著嘴：「哥！」

旭東氣得大聲說：「妳跟旭陽是她的親孫女、親孫子，我和莫依是外人。」

冬梅在門口炊煮，聽到了，一怔。

旭東還是發著牢騷：「我受氣受夠了，我是⋯⋯」他拿起背包要走。

莫愁抓住他不放，求救：「媽！媽！妳快來呀！」

冬梅鐵著臉非常生氣地看住旭東說道：「誰把你當外人？！你不是跟旭陽一樣姓蔣，當初收養你，我受了多大的冤枉，多大委屈，你知道不知道？在我們家四個孩子，一視同仁，旭陽有的，你也有，甚至在有些時候，我更疼你和莫依⋯⋯。

莫依偎著冬梅哭叫：「媽！」

冬梅繼續說：「在你七歲的時候，你得肺炎，高燒不退，是誰衣不解帶照顧你，求天保佑你，我付出這麼多心血，你是這麼回報我的嗎？」

「是那個老巫婆有偏心！」旭東辯著。

冬梅拍桌斥責：「住嘴！她是奶奶，不可以這麼稱呼，我把你們每個人當心肝寶貝，養你們、期盼你們將來出人頭地，你們應該體諒媽的苦心啊！」

旭東丟開行囊痛哭。

冬梅又說：「我何嘗不希望搬到另外的地方，可是，這是你們父親臨終交待的心願，我不得不遵從啊！」

冬梅含著淚撫其髮：「以後，這種話不准再提，生育養育都是一樣重要，手心手背都是我的肉，你們當是同胞兄妹，相親相愛，做一個孝順的好孩子，你們懂嗎？」

眾子女哭叫：「懂，媽！」擁入冬梅胸懷。

（九）

永娟在梳妝台前梳妝。

世廷穿衣。

永娟說：「我已經和冬梅說好了，從今天開始，我們家三餐由她燒，清潔衛生由她搞，衣服由她洗。」

「那你呢？」世廷內心顯然不滿。

永娟臉上拍著粉：「我？！哦！你就不想讓我享幾天清福？」

永娟化好妝，又清理衣物，被單丟在一地。

「這幹什麼？」世廷問說。

「要冬梅洗啊！」

世廷故意說：「還有多日沒洗的棉毛衣、棉毛褲、棉被，統統清出來吧！」

「不錯，我正有這個打算。」

世廷心極不滿，但沒有說出來：「留點精神督導一下孩子功課，不要整天和你姊妹玩撲克牌『爭上游』。」

「你這個做老子的，就不管了？」

「我供銷社忙得暈頭轉向，哪有你的命好！」

羅世廷丟下一句話，拿了皮包步出了。

堆得滿滿地一大盆衣物，冬梅搓洗著。

旭東、旭陽各提一桶水來。

冬梅一邊搓衣，一邊說著：「轉學正在辦，辦妥了，才能上學，這段時間，自己溫習。」

旭東、旭陽，立即拿出一本書看著。

莫愁在哼著什麼曲子。

莫依一個人玩著什麼。

鄰婦乙走進。

鄰婦乙望著冬梅說：「在洗衣服。」

冬梅連忙站起招呼：「呃！是大媽！閒著也是閒著，請坐。」

莫愁端來矮凳。

鄰婦就坐：「一切就緒了吧？！」

「還好，昨天是謝謝了，送來那麼多東西。」

「沒有的事，大家都是鄰居嘛，能幫忙的幫一點，聽說妳是助產士？」

冬梅點點頭：「幹了不少年了，沒出息。」

「有工作就好。」

「可是縣府還沒派定，我正在等候通知。」

鄰婦看了看一大堆要洗的衣服：「這麼多衣服要洗到什麼時候？」

冬梅擦擦頭上的汗水說：「慢慢來，今天洗不完，明天來，明天洗不完，後天洗，反正有的是時間。」

蔣母臂上別有紅臂章，神氣活現進來。

鄰婦乙連忙站起招呼：「大媽！回來了。」

蔣母說著：「一點屁事，吵得天翻地覆，經過我三言兩語，把他們擺平了。」

鄰婦乙伸大拇指：「行，不然誰推你做居民區糾察？！」

蔣母嚴正叫了聲：「王大媽！」然後向她招手，走了幾步。

「王大媽！醜話說在前頭，若是你敢在那個女人面前，說三道四，我可不饒妳！」

「不會！不會！」

「妳知道就好，再見！」

蔣母入內。

鄰婦走進冬梅耳旁說：「她以為她是居民主任？呸！」

鄰婦走出。

冬梅怔了怔，嘴角抹過一絲微笑。

小軍、小娟穿著學校制服、紅巾，揹著書包回來。

蔣家孩子，羨慕地望著他們。

小軍說著：「表妹！我把書包放好，我們來捉迷藏，好不好？」

莫愁望母，冬梅未置可否。

（十）

供銷社經理，在當時鄉村來講，是有地位的，客廳設施比一班人住家像樣，有沙發、有書架，甚至擺了花瓶。

永娟在客廳一角，與中年好友玩撲克牌。

小娟進來：「媽！我回來了。」

「妳哥呢？」

「在院子裡和兩個表妹玩。」

「這孩子整日跟著兩個小表妹。」

「那不是有其父，必有其子嗎？」一個胖胖的女人笑說。

另一個瘦女子說：「那個女人來了，妳要當心。」

「可不是，年輕寡婦，要特別當心！」大家加油添醬笑說著。

永娟卻一本正經說：「不用妳們提醒，昨天我就和他約法三章！」

「難怪人家說妳氣管炎（妻管嚴）。」胖女下定論。

「哈哈⋯」眾人一笑。

小軍躡手躡足進來，一邊向外看，一邊躲。

莫愁怯怯進來，一邊找一邊輕聲叫：「表哥！大表哥！」

小軍躲在壁櫥旁，竊笑。

壁櫥上放了一個花瓶。

「大表哥！大表哥！妳躲在哪裡呀？」莫愁叫著。

眾女人都在注視她。

「好漂亮的小姑娘。」胖女說。

「難怪妳兒子喜歡小表妹？！」

「漂亮有什麼用，紅顏薄命，命不好。」永娟說。

莫愁、小軍玩捉迷藏，莫愁發現了小軍，小軍再躲，碰到椅子倒下。

「小祖宗！要玩到院子裡去玩，不要把東西砸了。」

永娟才說完，小軍又躲入壁櫥，因動作太快，碰到壁櫥書架，花瓶幌了幌，倒下來，跌得粉碎。

永娟大怒站起：「要死了！是誰？是誰惹的禍？」

小軍已避開兩步，嫁禍給莫愁：「是她！」

莫愁急辯：「姑姑！不是我，是大表哥！」

小軍賴皮：「是妳！是妳！是妳！」

莫愁急哭了：「不是，不是我，嗯…」

「妳做錯事，還要強辯！」永娟怒容。

莫愁跺足擦淚：「真的不是我碰到的。」

「小軍離開這麼遠，妳這麼近，還說不是妳？（大叫）江冬梅！江冬梅！妳過來一下！」

冬梅正在廚房炊煮，擦著手走進客廳。

莫愁依偎在冬梅身邊，叫了一聲：「媽！嗯…」

「江冬梅！妳女兒把我家傳家之寶打破了，妳怎麼說？」

永娟鐵著臉說。

冬梅注視地上花瓶碎片。

「莫愁！真的是妳打破的？」冬梅問著。

「不是我！是大表哥躲在後面不小心打破的！」莫愁說明。

莫依其實也跟著進來，只是站在門內，未引起其他人注意。

「媽！我看見的，是大表哥打破的！」莫依做證。

「胡說！妳們姊妹當然是一鼻孔出氣，嫁禍小軍。」永娟維護兒子。

蔣母走出臥房，對冬梅怒目而視：「大人說話，她還頂嘴，才來一天就闖禍，這是哪門子的家教？！」

「媽！您老人家別生氣，是我沒有好好管教她們。」冬梅歉意地說。

冬梅蹲下拾碎片。

「這句話就夠了？告訴妳，這是世廷傳家之寶，妳怎麼辦？」永娟一句一句逼緊。

「事情已經發生了，我也不知道說什麼？妳看著辦好了！」

「這是什麼話？妳賠得起嗎？妳就是做保姆，做一輩子也還不了啊！」

莫愁哭著：「媽！」

冬梅損她一眼：「回去跟妳算帳！」

冬梅拉莫愁、莫依出。

永娟回到撲克牌桌面，將牌亂丟：「氣死我了，我不來了，我不來了。」

三女怔住。

冬梅和子女進入木屋，她關上門。

子女各個驚若寒蟬。

莫愁伸出手，閉目準備挨打。

冬梅看了一眼，坐下。

冬梅平和地說：「這件事妳沒有錯，我不會打妳，事先沒有告訴你們，你們的活動範圍，只是院子和這間木屋，這是媽的錯，媽該受罰。」

冬梅打自己耳光。

冬梅噙淚又說：「我一看就知道是小軍闖的禍，因為他做錯事開溜了，你們姑姑咬定是莫愁打的，我不是在現場，無法說話，不過公道自在人心，那麼多人在客廳，總會有人看到。」

這時敲門聲傳來。

冬梅訝異開了門。

一個面目慈祥的牌友進來說：「我是來告訴妳，我看見事情發生經過，永娟冤枉小姑娘了，妳不要打她！」

冬梅激動地握著她的手。

「謝謝妳！謝謝妳！妳貴姓？」

「我先生姓徐，若是他們非叫妳賠償不可，我可以出來作證！」然後又摸了摸莫愁的頭：「再見了，小姑娘好漂亮！」

「還不謝謝阿姨？！」冬梅叮囑。

「謝謝阿姨！」

冬梅送徐妻出門，仍然關上門：「是不是?我說過，公道自在人心，不過這次，妳們是寶貴教訓，以後不准妳們進到羅家去，誰不聽話，我就修理誰？」

冬梅鐵面看他們：「你們聽到了吧?！」

眾人大聲回：「聽到了！」

冬梅又說：「怕事不惹事，惹事不怕事！這是媽媽做人原則，妳把飯菜熱了，我還要去羅家燒飯。」

莫愁低頭答：「是，媽！」

冬梅關門走出。

四個孩子像籃球隊員，圍個圈圈手疊在一起，齊聲喊了一聲：「哈！」

羅家餐桌上，已擺了兩盤菜。羅世廷已下班，全家準備吃飯。

世廷鐵著臉看著小軍。

小軍低著頭，有時眼皮抬了抬看父。

冬梅繫圍裙，端了一道菜放在桌面，又退至廚房。

世廷威嚴地望著小軍：「小軍！我問你，那個花瓶真是莫愁打破的？！」

小軍點點頭。

「你沒有冤枉莫愁？！」

永娟發話了：「你問話不對，一個勁偏向人家！」

世廷損了妻子一眼：「我問話，妳不要插嘴。」她又看著兒子說：「一個人做事要負責、誠實，男子漢大丈夫，敢做敢當，錯了就是錯，不要嫁禍別人，聽說後來你就開溜了？是不是心生畏懼，怕挨打？我現在不打你，只要你老實跟我說！」

小軍眼珠轉動著。

世廷拍了一下桌子：「說！」

小軍嚇了一跳。

「你這是嚴刑逼供。」永娟說。

世廷還是威嚴地望著小軍：「你說不說？！」

小軍看無法躲避，只好囁喻了半天才說：「是我碰到壁櫥，打破的。」

永娟氣地跳起來：「哎喲！你這個沒出息的東西！氣死我了，氣死我了。」

蔣母一直冷眼旁觀，這時才說：「算了，算了，花瓶已經打破了，再打、再罵也與事無補。」

世廷說：「媽！這個花瓶雖然不是傳家之寶，也跟了我幾十年，當年十年浩劫，他們抄家沒有抄到，想不到今天被這個畜生打得粉碎，我…」

「算了，花瓶打破了，碎碎(歲歲)平安，吃飯、吃飯。」

蔣母帶頭拿起筷子、飯碗。

小軍也擬吃飯。

世廷瞪他一眼：「你想吃飯了?!」

「那你要怎麼樣?關他十年牛棚?」永娟護兒子。

世廷對永娟說：「妳陪他去向舅媽道歉，說他冤枉大表妹了。」

「要去你去!」

「妳不是不准我和她…」永娟有三章約法。

永娟損世廷一眼。

冬梅又端來一道菜，她已全部聽到了，笑說：「算了，算了，只要把是非弄清楚就好了。」

「還不謝謝舅媽?!」世廷叮嚀了一句。

小軍低頭說：「謝謝舅媽!」

「大嫂!妳那邊沒什麼菜吧，勻一點菜給孩子們吃。」世廷說。

「不必了，謝謝，我先過去一下，待會再來洗碗。」

冬梅步出。

永娟眼冒煙了。

蔣家搭的木板架上，擺了塊豬皮，一點醬瓜、一盤地瓜菜，孩子們喝著稀飯，和羅家飯菜，強烈對比。

＊　＊　＊

世廷躺在床上，看參考消息報紙。

永娟也躺在床上，背轉身，生悶氣。

世廷扳了扳她的肩：「噯，告訴妳一個內幕消息。」

永娟聳了聳肩：「沒有興趣。」

「又怎麼啦？」世廷問著。

「問你自己啊！」

「我又犯了什麼錯？！」

永娟生氣坐起，沒好氣地說：「今天馬屁拍到家了，一個勁地偏向她，一個勁地替人家洗刷冤屈，就算冤枉一下，又怎麼樣？我又不會真的要她賠，我是藉這個機會警告她們，以後凡事小心一點。」

「可是教育孩子，不是這樣，錯就是錯了，要勇敢認錯，你這樣偏袒是非不分，只會害了孩子。」

「可是你顧到我的顏面沒有？你這樣嚴刑逼供，等於打了我一個耳光。」

「妳自己不對，還怪我，當初妳就應該看出來，我早就跟妳說過，愛護孩子，愛在心裡，不然的話，將來吃苦頭是我們自己。」

「反正你都有理。」

「有裡走遍天下，無理寸步難行。」

夫妻倆輕輕舌戰不休。

「你的那雙犯罪的眼光有理嗎？她走過來，死盯著她，她走過去，也死盯著她，柳腰輕擺，婀娜多姿是不是？」

世廷生氣了：「妳這是人話嗎？」

「說到你心坎裡去了？！」

世廷掀被下床：「妳是神經病，人家孤兒寡母的，仁慈點，厚道點，行不行？」

永娟有點氣哭：「你看、你看，我說兩句，你就這麼兇，自從這個女人到我們家，你就變了，你去娶她好了，你去扶養她的孩子好了！」

世廷氣得雙手發抖：「妳啊！妳簡直是不可理喻！」

世廷走出，重重關門。

（十一）

又是一大堆衣物，冬梅埋頭在院子裡洗著。

蔣母手臂別了紅臂章，搖搖擺擺進來。

冬梅站起招呼。

「媽！回來了。」

蔣母鼻孔嗯了一聲。

冬梅看著蔣母：「您這件大褂髒了，脫下來洗一下吧！」

蔣母有些意外表情。

「媳婦從東北帶來一件大褂，是準備送給媽的。」

「是永正買的嗎？」

冬梅有點遲疑：「呃、呃，是的。」

蔣母這才微笑說：「那好，那好。」

冬梅進木屋，拿出一件大褂。

蔣母脫下自身大褂，再把新大褂披上，剛好合身。

「嗯，還不錯，蠻合身的，我知道我兒子是孝順我的。」

冬梅有點冤，但未表露。

蔣母搜大褂口袋，搜出一封信。

「郵差同志，剛剛來過，她說這封信是妳的。」

冬梅接過信，連忙看著，愉快地：「媽！我轉調的工作有著落了，叫我去橫沿衛生所報到。」

蔣母還是冷冷地：「是嗎？！」

但冬梅極為喜悅，連忙說：「謝謝媽！謝謝媽！」

橫沿是個小市鎮，商店不多，但是附近人們需要的也應有盡有，衛生所就在街尾，離蔣家村大概只有五里路。」

冬梅換了做客服，拿了信，走到衛生所門口，她對了一下入內。掛號處，穿制服的中年女子，崔英，正在打電話。

冬梅走進，不敢馬上詢問。

崔英掛了電話，一副冷面問說：「什麼科？」

「我不是來看病的。」冬梅微笑答。

「那妳是？⋯」

冬梅交上信。

崔英過了目，把信丟給冬梅，問說：「妳就是江冬梅？！」

冬梅含笑點頭。

「我聽說了，我們所內又轉調來一個助產士，跨省轉調不容易呀！妳是走後門的吧？」

冬梅臉色一變。

「對不起，我是說用什麼關係，才辦得到？」

冬梅正色答：「妳猜錯了，我沒有走後門，也沒有利用什麼關係，因為我沒有關係可利用，是黨中央特別批准的！」

冬梅一唬，崔英怔住了。

「噢！妳是來報到的吧！吳所長在樓上。」崔英用手指了指。

「謝謝！」冬梅拿了公文，向木梯走去。

崔英嘴撇了撇說：「黨中央?!哼!吹牛不打草稿，真是的。」

冬梅上了樓，走到所長辦公室門口，整了整上衣，敲門。

「進來!」一個男人聲音叫著。

冬梅推門入。

所長吳力蓄短鬚，低頭看什麼。

冬梅走近，遞上公文。

吳力仍低頭看原來的公文，應付說：「請坐!」

吳力看完了，合了卷宗，抬頭一看，有些意外。

冬梅也意外表情。

吳力摘下眼鏡再看，驚喜地站起說：「我的天啦!妳是冬梅。」

冬梅也激動地說：「你…你是吳力學長?!」

「十三年不見了。」

吳力走出座位，過來緊握冬梅手，極激動地：「太意外了、太意外了，縣裡來了轉調公文，我以為是同名同姓，並不在意，想不到是如假包換的江學妹，我太高興了，太高興了。」

吳力用力搖動著手。

冬梅手都酸了，用左手指了指相握的右手：「學長!」

吳力會意：「呃，哈哈…對不起!對不起!」

吳力放開相握的手，看了看冬梅：「十三年了，妳不見老!」

「你也是沒有什麼變，變的是留了短鬚，多了官僚氣。」冬梅笑著說。

「老同學，老朋友，妳不該是損我吧？！」

「怎麼會，我是說有種領導的架勢。」

「哈哈！請座，請座！」

這時崔英敲門進來。

「所長！三點還有個小手術，你不要忘了。」

「我知道，哦，我來介紹一下，這是新調來的助產士，江冬梅同志，她是我的學妹，以後妳多關照。」

崔英意外：「是嗎？！」

吳力又介紹：「這是崔英同志，是本所資深助產士。」

冬梅伸手相握：「以後請崔同志多指教！」

「不敢當，你們老同學多年不見，一定有很多話要說，我不打擾了，你們聊！」

崔英警告地向吳力看了一眼後走出。

她關了門，並沒有走開，在門外竊聽，有人走過來，她才悻悻離去。

吳力替冬梅倒了一杯水，然後就坐，定定看她。

「怎麼突然想到調回江南，妳愛人蔣永正呢？沒有一起調回來？」

冬梅臉色驟變，搖頭。

「你們鬧矛盾了？！」吳力問著。

冬梅哀戚的說：「鬧矛盾就好了。」

「怎麼說？！」吳力不解。

冬梅看了吳力一眼，悲從中來：「他，他走了！」

吳力吃驚問說：「走了？！妳的意思是說⋯⋯」

「永正是礦場工程師，三個月前工地坍塌，他救了人家，犧牲了自己。」

「噢！」吳力深深同情。

「是永正臨終囑託，要我務必調回家鄉，侍奉年老的婆婆。」

「原來是這樣，永正兄英年早逝，沒有想到，沒有想到！」吳力感嘆著。

「所以婆婆指我剋夫，吵著要我還她兒子！」

「無稽之談，可以想見，妳的處境不好過。」

「我婆婆一直跟女兒女婿住，但他們暫時收留我，住在小姑家院子的小木屋。」吳力是老同學，所以坦白實告。

「噢，妳有幾個孩子？」

「四個。」

「四個？！」吳力有點不信。

「自己一男一女，另外收養一男一女。」

「十三年前那個棄嬰？」

「不錯，他是老大，四年前好友托孤，又收養了一個小女兒，他、她們全算蔣家的子女。」

吳力大出意料：「冬梅！苦了妳，苦了妳了。」

他們沉默了，不知再談什麼？

冬梅也想知道吳力近況：「你呢？談談你的，也該兒女成群了？」

無力苦笑了一下：「自從你和永正兄去了東北，那段時間，我確實痛苦了一陣子。」

冬梅默然。

「後來隨便找了一個，也就是因為沒有愛情基礎，兩人個性不合，在五年前分手了。」

吳力搖頭：「有小孩，多兒多女多冤家，沒有小孩也好，我現在是兩個肩膀扛一個嘴巴，我吃飽了，全家也吃飽了。」

冬梅苦笑了一下。

「這些年來，多少朋友勸我再娶，可是我沒有找到合適的，冬梅！不怕你見笑，這許多年來，我一直打聽妳的消息。」

冬梅心頭震顫了一下。

吳力哽咽地說：「不為旁的，只是想看看妳，以慰相思之苦。」

冬梅逃避地站起，走到窗前。

他們再次沉默。

吳力也走近窗口：「冬梅！對不起！在此時此刻，我不該提起這些。」

冬梅搖手，暗中擦淚。

「好了，談公事吧。」吳力豁達大度：「什麼時候上班？」

冬梅也坦然轉身面對吳力。

「領導吩咐。」

「明天就來上班吧。計畫生育，正在熱烈推行，需要人手。」吳力說。

「好的。」冬梅一口答應。

「妳住處離這兒有一段路，妳把我的自行車騎去吧！」

「那怎麼行？你自己要用。」

「所內有兩輛，就算是所方分配給妳的交通工具吧！」

「那就謝了。」冬梅愉悅說道。

他倆握手。

「我陪你去取車。」吳力冬梅相伴出。

冬梅騎自行車回家，路兩旁油菜花正在盛開。

有一條農田水溝，風景秀麗，但冬梅內心卻是五味雜陳，耳旁響起剛才吳力的話：「這些年來，多少朋友勸我再娶，可是沒有找到合適的，冬梅！不怕你見笑，許多年來我一直在打聽妳得消息。」

冬梅騎了一段，吳力的話又想起：「不為旁的，只是想看看妳，以慰相思之苦。」

冬梅在水溝處下車，用雙手掩耳狂叫：「不！不！」

她蹲在水溝旁，用手撩水撲臉，弄得上身水濕，然後她濕臉望天，內心狂叫：「永正！你在哪裡啊？」

（十二）

孩子們在院內玩什麼？

轟轟雷聲傳來。

旭東望著天：「要下雨了，媽怎麼還不回來？」

正這時冬梅推了自行車，車上掛了一隻母雞，在一陣鈴聲中推了進來。

孩子們看見，都驚喜的圍過來。

「自行車？！」旭東先叫著。

「好棒啊！」旭陽也喜形於色。

「媽！哪裡來的？！」莫愁問著。

莫依摸車：「好棒啊！」

冬梅支撐車說：「我今天去衛生所報到，所長配給我的。」

「媽！妳真有辦法，嘻嘻…」莫依對母笑著。

冬梅又高興地摸摸莫依頭。

莫愁摸一下雞：「媽！妳還買了雞？！」

「嗯，看你們一個個氣色不好，營養不良…」

莫依拍著手：「哈哈！哥！我們有雞肉吃了。」

「省省吧，牠的任務是每天生一個蛋，替你們加營養，旭東！旭陽！天快下雨了，你們快去搭個雞棚養起來。」

旭東立即答應：「好的！有雞蛋吃了。」

冬梅放下雞，雞在院子裡跑著啄食。」

冬梅正待入屋。

永娟氣沖沖自內出，身後跟了小軍、小娟。

永娟鐵著臉問說：「大嫂！我問妳，妳看見我那只海獅牌的手錶沒有？」

冬梅一怔，搖頭：「手錶？！沒有看見。」

「我明明放在梳妝台上的，不見了。」

「是不是掉在梳妝台後邊，我替妳去找找看。」冬梅答。

「找過了，就是沒有，中午我不是叫妳打掃房間，難道妳真的沒有看見？」

冬梅有點氣，忍住：「梳妝台上，擺滿了妳新買的東西，我不敢動。」

「問這個沒有看見，問那個沒有見著，難道手錶自己長了翅膀飛了？！」

這時世廷下班回來，問說：「什麼事？什麼事？」

「家裡出了賊丟了東西。」永娟沒好氣地說。

世廷也意外：「噢？！」

「我那只朋友送的海獅牌錶不見了。」

「早上我還看見放在梳妝台上。」世廷說。

永娟急地：「就是啊！」

「問過孩子沒有？」世廷望著子女。

小軍、小娟均搖頭。

「這只錶我一個重要的朋友送的，現在弄丟了，我怎麼對得起她？」突然想起什麼：「對了、對了，我想起來了，在我睡午覺的時候，彷彿看見一個小孩在我房間幌了一下。」

永娟審視蔣家子女：「你們下午誰到我房間去過？」

蔣家子女均搖頭。

冬梅已經有點氣，強忍著，

永娟又說：「問你們，你們都不承認，等我搜出來，看你們怎麼說！」

永娟要進木屋。

旭陽、旭東氣虎虎擋在門口。

永娟推旭東、旭陽：「小鬼!走開！」

旭東、旭陽抓住門坎，堅守。

冬梅含淚搖頭看世廷。

世廷過去拉永娟。

世廷：「我們回去再找找看。」

永娟推開世廷：「沒你的事，你給我走開。」

世廷搖搖頭，無奈走開。

「心虛了吧！怕搜出來是不是？」永娟一個勁指小孩是賊。

冬梅看不過去說話了：「永娟！你太過份了，自從上次打破花瓶以後，我就禁止孩子們到你們家裡去，我不相信我的孩子不聽我的話，我更不相信我的孩子會作賊！」

蔣母出現，一付對冬梅不滿嘴臉。

永娟看見母親支持，壯大了膽，又推旭東：「你們走不走開？」

冬梅大叫：「旭東！旭陽！你們讓開，讓她進去！」

旭東、旭陽怒容讓開。

永娟氣沖沖入內，就到處翻動衣物。

冬梅及子女在一旁強忍著。

旭陽終於含淚，握拳大叫：「媽！我們沒有爸爸就受人欺侮嗎？！」

旭東也握拳哽咽地：「媽！我們發誓，的確沒有進去過，的確更沒有拿什麼東西！」

莫愁、莫依哭了：「媽！」

冬梅怒喝：「不准哭，把眼淚擦乾，你們沒有爸爸，還有我在！」

孩子們停止哭，用手肘用力擦淚。

永娟仍在翻動衣物。

旭陽突然大叫：「我受不了了，我受不了了，爸爸！」

旭陽奪門而出。

冬梅叫著：「旭陽！旭陽！你幹什麼？」
兄妹也叫著。
冬梅一行追出。
外面巨雷驟雨。
旭陽冒雨跑出大門。
冬梅及子女追著喊著，一身淋濕了。
冬梅狂叫：「旭陽！旭陽！你給我回來！」
莫依、莫愁也大叫：「哥！你回來啊！」
旭東四望大喊：「旭陽！旭陽！你跑到哪裡去了？」
冬梅奔回拿件破雨衣出去，披在旭東身上：「這孩子、這孩子，你快去把他拉回來！」
旭東叫著跑著。
永娟空手自木屋走出，望了冬梅一眼。
冬梅及子女躲在木屋屋簷下，淚眼望天。
雷聲驟雨不歇。
羅家客廳。
世廷鐵著臉，拿著一只海獅牌手錶伸到永娟眼前。
世廷：「妳看看，這是什麼？」
永娟一怔：「呃！手錶？！哪裡找到的？」

世廷：「上午妳買來衣服襪子，放在梳妝台上，後來把手錶夾帶在裡面，一起放進衣櫥裡去了。」

永娟看了手錶：「難怪我到處找不到。」

「自己沒有好好找，還怪人家母子手腳不乾淨？」世廷用手指指永娟鼻子：「妳啊！妳啊！」

永娟心愧：「我…我…」

蔣母看了一眼，低著頭開溜了。

世廷憤怒拍桌：「當時我拉妳，妳不聽，把我推開，妳現在怎麼收場？！」

永娟看了一眼低頭。

「妳公然強制要到人家住的地方搜查失物，這是侵害人家的住居權，時代不同了，不是當年的紅色小鬼，妳知不知道？」

「當時我心急，管不了那麼多。」永娟辯稱。

「人家孤兒寡母的，同情都來不及，妳還一次兩次冤枉人家，她是妳的親戚啊！江冬梅是妳大嫂，妳大哥地下有知，他能原諒妳嗎？」

永娟被說得擦眼淚：「好了啦！不要說了啦！」

「現在人家幫妳做家事，把妳這個家整理的窗明几淨，井然有序，妳是這樣對待人家的？去，去向人家認錯，去向人家陪不是！」

「我才不去呢！我放不下這個臉！」

世廷盯著她問：「妳的意思，是叫我幫妳去擦屁股？！」

永娟點點頭。

「以後多付出一點愛心吧，設身處地為別人著想，多寬容，別人愉快，自己也活得愉快，妳懂嗎？」

世廷看著永娟一眼才步出。

世廷經過院子，雨已停了，夕陽照射進來，他入木屋。

木屋內，冬梅和孩子，頭髮濕濕地，坐在那邊生悶氣。

世廷走進說：「手錶找到了，是一場誤會。」

冬梅看了一眼，未語。

旭東氣說：「可是我弟弟離家出走找不到人了。」

世廷一怔：「什麼？旭陽出走了？！」

冬梅實告：「這孩子倔強，他氣走了。」

「哦！那快去找啊！」

「在附近都找遍了，就是找不到。」旭東說。

世廷一聽頓足，歉意地說：「大嫂！妳們委屈了。」

這時院子，一個鄰住婦人，背了濕透了的旭揚進來，一邊叫著：「來人啦！來人啦！妳們的孩子暈過去了。」

冬梅等人，聞聲欲出。

鄰婦已背了旭陽進來。

「這孩子暈倒在路上。」鄰婦說。

冬梅將旭陽安放在床上，緊抱他喊著：「旭陽！旭陽！你醒醒！你醒醒啊！」

「大嫂！快送衛生所吧！」世廷也急了。

「他體質差，從小身體就不好。」冬梅噙淚說著。

旭陽微睜眼，輕聲叫著：「媽！媽！」

莫愁一見大叫：「媽！哥哥醒過來了。」

鄰婦雙手合十說著：「上天保佑！上天保佑！」

冬梅再次緊抱旭陽：「孩子！你好傻，你好傻啊！」

世廷看了一眼，離去。

院子裡，蔣母聽了一切，關心的表情。

(十三)

衛生所手術室的燈亮著。

吳力走來，看手錶，皺眉，然後站在窗口吸菸。

少頃，嬰孩哭聲傳來。

吳力這才呼了一口氣。

手術室燈滅。

門啟，冬梅著助產士白衣帽，戴手套、口罩，自內走出，她一邊走，一邊取下手套、口罩、帽子，頭上汗如豆，她極累，靠在牆上閉眼休息。

吳力站在眼前說：「辛苦了！」

「難產，差點要動手術，總算順利接生下來了，母子平安。」冬梅擦著汗水說。

「妳第一天上班，碰巧崔英請假，更碰巧產婦又多，把妳累壞了。」

冬梅看看掛鐘：「六點了？！你怎麼還沒下班？」

「我特別留下等妳的。」吳力說。　嬰孩哭聲傳來。

冬梅推開助產士辦公室門，她倒水喝著，迅快換外套，準備回家。

吳力跟著進來：「冬梅！我想跟妳去看看孩子？！」

冬梅一怔：「改天吧！」

「不歡迎？」

「學長！今天時間太遲了，我還要趕回家燒飯做菜。」

「孩子們的東西我都買好了。」吳力還是不洩氣。

冬梅考慮俄傾說：「你去合適嗎？！」

「這…」

「我們是寄人籬下，天天受不了的窩囊氣，你去了，恐怕又要惹事生非。」

「總要面對的，今天你們有個王大媽來看病，她把一切都告訴我了。」

冬梅一怔：「這個人真多嘴。」

「冬梅！我知道你外表堅強，其實是眼淚往肚子裡流啊！」

冬梅含淚望窗外。

「冬梅！昨天見了妳，我一夜沒有合過眼，妳一個人帶四個孩子不容易啊！讓我們共同撫養吧！」

冬梅甚意外：「不！不可能！謝謝你！」

冬梅奪門而出。

不意崔英鐵著臉站在門口。

吳力也意外：「妳今天不是請假嗎？」

「我回來拿東西不可以？！」崔英頂嘴。

吳力想追冬梅。

崔英攔住他說：「領導！恭喜你啊！找到心上人了。」

吳力不滿，看了崔英一眼，快步走出。

崔英恨的表情。

一條鄉村大路上，冬梅、吳力一前一後，騎著自行車奮力前進。

冬梅木屋，孩子們有的躺著看書，有的撫著肚子，一臉苦相。

莫愁打破沉默：「媽怎麼還不回來？！」

「姐！我肚子餓死了。」莫依叫苦。

旭東找來一紙包，打開，僅兩片薄餅，一片給莫依，一片塞給莫愁。

莫依吃著。

莫愁分三人食著。

旭東突然找來鍋蓋，敲打著：「哈！在家靠父母（敲一聲），出外靠朋友（又敲一聲）戲法人人會變，各有巧妙不同，今天咱們兄弟姊妹到了貴寶地，變什麼呢？變些吃得好不好？」

弟妹拍手笑著：「好，好。」

旭陽又像變戲法人一樣，拿起一塊大抹布，托在手上笑著說：「變！變！」他拉開抹布一看：「這是什麼啊？一大碗紅燒肉。」

孩子們樂了。

莫愁：「哥！快變四碗飯出來！」

旭東吹著：「好的，沒有問題，請各位鄉親高抬貴手，賞個掌聲，變得不好，不要噓聲，變！一鍋香噴噴的飯出來了。」

旭陽作吃狀：「嗯，這飯真香，好好吃。」

莫依吵著：「哥！我要紅燒魚，我要紅燒魚！」

旭東：「各位鄉親父老，這位小姑娘要求變紅燒魚，那不簡單，我變了啊！」他敲了一陣鍋蓋說：「變、變，哈…哈…」

變出來的不是魚，而是一只破鞋。

孩子們樂成一團。　　羅家呢？蔣母、永娟、小娟，一個個餓著肚皮苦著臉。

世廷站在窗前吸菸。

小娟叫起來：「媽！我餓死了，舅媽怎麼還不回來？」

永娟：「我還不是一樣，肚子一直咕嚕咕嚕叫。」

蔣母鐵了臉：「不像話，太不像話！」

「大概是第一天上班，工作忙。」世廷判斷。

永娟：「工作忙，也得下班，你看都六點多了，還不來弄晚飯，真是不負責任！」

小軍從院子進入，叫了起來：「媽！舅媽早就回來了。」

「胡說！我一直站在窗口，沒有看見她進來。」

小軍：「是真的，我聽旭東說什麼紅燒肉，香噴噴的飯，還有大紅燒魚，什麼的。」

小娟翹了嘴：「媽！她吃得這麼好，就不顧我們了。」

蔣母一聽，準備出門：「忘恩負義的東西，我去找她們算帳！」

世廷勸阻：「媽！你不要聽孩子們胡扯，她們有魚、有肉，哪裡來得錢？天上掉下來的？」

永娟：「那可說不定，今天她上班了，神氣了，狠狠加一次菜，打一次牙祭，可是她答應替我們燒飯的，那邊一上班，這邊就罷工，這說得過去嗎？」

蔣母捲起袖子：「永娟！我們自己來吧，我還沒有老到動不了的地步。」

蔣母與永娟正要進廚房。

世廷叫了起來：「他們舅媽回來了。」

冬梅和吳力推了自行車進來。

吳力車上掛了兩份禮。

蔣家的孩子，聽了自行車鈴聲，都出來迎接母親，但見了有個生人，有些意外。

眾子女叫了一聲：「媽！」

冬梅撫摸莫依頭髮：「肚子餓了？！」

眾子女點頭。

「媽！我好餓！」莫依說。

莫愁望著吳力：「媽！這個人是誰？」

冬梅這才想起介紹。

吳力一直提了禮，微笑站在那邊。

「噢！我來介紹，這是吳伯伯，是我們衛生所領導，也是媽的老同學。」

吳力將禮物交給旭東，摸了摸他的頭：「這就是當年那個孩子吧？！」

冬梅點頭。

「長這麼大了，這麼高了，難怪我們都老了。」吳力笑著說。

冬梅交待：「你們先吃點零食，待會我再來燒飯。」

江家孩子提了禮物入木屋。

「我也去看看蔣大媽。」吳力提了另一份禮說。

羅家全家鐵著臉，站在門口。

蔣母嚴厲責問：「怎麼到現在才回來？」

冬梅解釋：「另一個助產士請假，碰巧今天有三個產婦，忙到六點。」

吳力一個勁哈腰：「對不起！對不起！」

蔣母猜測地望他。

「媽！他是吳力，我的學長，妳還記得嗎？他現在是衛生所領導。」

蔣母嘴一撇。

吳力一臉笑容奉上禮物：「蔣大媽！一點薄禮，不成敬意。」

蔣母冷色答：「我們非親非故，不必客氣。」

但一袋小禮被小軍接走了。

冬梅介紹世廷夫婦：「這是孩子的姑姑，這是姑父羅先生，我在這裡一切承他們照顧。」

世廷伸出手相握：「吳所長！我們開會經常碰面，想不到你跟大嫂是舊識，以後還請多關照。」

「好說，好說，前天她來報到，我還嚇了一跳！」吳力說。

永娟卻有點譏諷：「是嗎？！」

冬梅對吳力說：「學長！你去陪孩子，我要去忙了。」

「請便！」吳力哈腰退下。

冬梅迅即進入羅家。

冬梅忙著切煮。

永娟指手畫腳和世廷輕語說冬梅：「當年追江冬梅的，除了我哥哥，就是吳力。」

「噢！這麼巧！」世廷也意外。

小娟拿禮物零食給外婆，被外婆打在地下。

蔣母生氣大叫：「難怪！難怪！她千方百計要調回來，是早有預謀。」

廚房的冬梅聽了，手一顫，菜刀切了手指，手指流血，她緊捏傷處，含淚抬頭，強忍。

那邊衛生所呢？崔英肘支撐下巴，想心事。

護士林雪經過，看她想得入神，用手在她眼前揮了揮，她亦不知，大為詫異。

林雪大聲叫著：「哈！」

崔英嚇了一跳。

「林雪！妳要死了，嚇人一跳。」崔英擺著臉說。

「想什麼？想得這麼出神？」

崔英輕淡的回說：「沒有什麼啦！」

「得了吧！妳以為我不知道？自從所長的學妹報到以後，妳這個醋罐子就打翻了。」

崔英抓了林雪胳膊：「嗳，嗳，林雪！妳知道他們的關係嗎？」

林雪搖頭。

「他們是老情人，大概婚前就相好的，後來江冬梅的愛人，橫刀奪愛，我們領導還痛苦了一陣子。」

「真的？！」林雪驚訝。

「還有⋯」剛巧吳力經過，她們只好止聲。

吳力看出有異，警告說：「抓緊工作，不要在人家背後說三道四！」

林雪笑答：「隨便聊聊，隨便聊聊，嘻嘻。」

吳力走出。

林雪興趣來了：「還有？崔姐！還有什麼？」

崔英輕聲在林雪耳邊說：「前天我請假，晚上六點，我回到辦公室拿東西，想不到他們兩個人，正在辦公室談情說愛。」

林雪睜大了眼睛：「想不到，太想不到了。」

「所長還說，他願意和江冬梅共同撫養四個孩子。」

「哦？！有這種事？」

「我親耳聽到的，我若說謊，天打雷劈！」

江冬梅進來，笑臉招呼：「崔英同志！那本掛號登記簿，借我看一下。」

崔英冷冷丟在桌上。

「冬梅看了一下，禮貌地送還：「謝謝！」

江冬梅又向林雪點了點頭走出。

「其實江冬梅同志，為人還不錯。」林雪說。

「什麼不錯，假仁假義，表面一套，內骨子又是一套。」

林雪笑了：「崔姐！妳失戀了。」

「林雪！妳知道的，吳所長離婚五年了，我呢？小姑獨處，這兩年來，天天相處，多少有點感情基礎，想不到半路殺出一個蜘蛛精來。」崔英訴苦。

林雪：「崔姐！那妳要抓緊啊！到嘴的肥肉，不能白白便宜人家了。」

崔英撇了撇說：「我不怕她，聽說她愛人是被她剋死的。」

「可是有人就喜歡風流寡婦啊！」林雪說完，一個旋風跑走了。

＊　＊　＊

永娟好像告訴世廷什麼。

世廷感嘆了一聲：「唉！真是應了那句話，寡婦門前是非多。呃？！妳怎麼知道的？」

「剛才在小鎮街上，碰到另一個助產士崔英，是她告訴我的！」

妳不是說崔英一直對吳力印象很好？！」

「就是，所以她著急了，崔英把我拉住說了半天，我想走都不讓我走。」永娟補充說。

「男人、女人就是這樣，妳喜歡他，他不喜歡妳，而他看上妳，妳又看不上他。」世廷分析著。

「其實崔英並不難看，不知道吳力為什麼看不上她？」

「我知道。」世廷說。

「你…」永娟不解。

世廷正色答：「一個到處搬弄是非的女人，是不可愛的！」

永娟一怔：「你又在指桑罵槐了。」

「我建議天下所有女人啊，多吃瓜子，少咬舌頭！」

永娟損丈夫一眼。

「我警告妳，這些謠言止於智者，別再傳播了，尤其不能告訴妳媽，不然又吵翻天了。」

「其實我也蠻同情冬梅的。」

「總算聽到一句人話。」

「大概是同為女人吧，女人有的時候，是身不由己。」

正在作功課的小軍，突然冒上一句：「媽！舅媽是壞女人是不是？！」

世廷喝止：「不要插嘴，小孩子懂什麼？」

小軍伸了一下舌頭，低頭作功課。

「他們外婆呢？」

「她說頭有點暈，去衛生所看病去了。」

世廷聽了，笑一笑搖頭。

「你笑什麼？」永娟不解。

「她有什麼病？！心病。」

永娟打了他一個空拳。

旭陽和小軍生氣地，你推我，我推你。

旭陽怒說：「你再說一遍？！」

「你媽是壞女人！」小軍回說。

旭陽怒目，看了小軍一會，衝了過去，兩人在地上打滾。

在一旁的莫依哭了起來：「姐！妳快來啊！」

小娟、莫愁聞聲趕來拉勸。

小娟叫著：「不要打了！不要打了！」

莫愁問妹妹：「他們幹嘛打架？！」

「大表哥說，媽是壞女人！」

「這不能怪我哥，大家都這麼說。」小娟偏向自家人。

莫愁衝上小娟，大聲叫著：「我媽是好女人，我媽是天下最好的女人！」

小娟伸手指在鼻尖，弄手指，意指不要臉。

莫愁一頭栽過去，莫愁和小娟扭在一起。

旭陽和小軍還在泥地打滾，小軍壓住旭陽。

突然有個男人大喝一聲，把眾孩子震住了。

世廷永娟鐵著臉，站在那邊。

世廷怒說：「幹什麼？造反了？！」

莫愁哭著說：「大表哥說我媽是壞女人，嗯…」

小軍辯道：「本來就是，我爸媽都這麼說。」

世廷一個耳光揮過去。

「你幹什麼？你瘋了？！」永娟護兒子。

遠處站著怒目握拳的旭東，哭了起來：「媽！啊……」

世廷大聲說著：「我要告訴你們，他媽不是壞女人，有時候大人的話不是誠實的，去，向表弟道歉。」

小軍：「我才不！」

小軍怒目望了一眼跑出。

永娟叫著：「小軍！小軍！」

世廷怒目望永娟：「你看看，都是妳！」

永娟一臉怒容。

（十四）

衛生所偌大的窗戶，無窗簾布。

吳力端來梯子，靠在窗前，看看牢不牢固，然後拿起窗布，準備掛上。

這時冬梅著助產士裝，拿著卷宗進來。

冬梅招呼：「所長！你在忙？」

吳力正要跨上一級。又停問說：「有事嗎？」

「申請器材，請你批一下。」冬梅答。

「好，妳擱在桌上。」

冬梅將卷宗擱在桌上。

「來，幫個忙，把梯子扶一下。」吳力說。

吳力正要一級一級上梯。

電話鈴響了起來。

吳力只好下來接聽：「喂！是的，我是吳所長，不必客氣，我們為人民服務是應該的，什麼？不不，不，不可以，江冬梅同志也不會接受的。」

冬梅望著吳力。

吳力繼續接聽：「送東西不可以，滿月酒我們一定來喝，對，對，就這麼辦，謝謝啊！」吳力掛上電話。

「就是那一對雙胞胎父親，他想要好好謝謝妳，我替妳回了。」

冬梅笑了笑說：「噢！我來替你掛。」

「那妳小心了。」

吳力交給冬梅窗簾布。

冬梅手拿窗簾布一級一級上梯，不意窗簾布太長，被下面東西卡住，她一扯，梯子不穩，她站在上面搖搖幌幌。

「小心，不要摔下來。」吳力叮嚀。

說時遲，那時快，冬梅站不穩，跌了下來。

吳力及時面對面抱住冬梅。

正這時蔣母鐵著臉，站在門口。

吳力連忙放開冬梅。

蔣母咬牙切齒：「哼！妳現在還有什麼話說？！」

蔣母說完，掉頭怒氣沖沖而去。

「我跳到黃河也洗不清了！」冬梅雙手掩臉跌坐下。

晚，冬梅下班回家，剛剛進入羅家，就被蔣母叫住。

冬梅聽命挨罵。

但蔣母卻先咬牙，打去一個耳光。

冬梅強忍不屈說：「媽！妳誤會了。」

蔣母手指冬梅鼻子，發著抖說：「是我親眼看見的。」

「後來吳力不是向妳解釋嗎？」

「光天化日之下，做那種見不得人的事，丟臉啦，丟臉啦！」

「我站的正，坐的穩，沒給蔣家丟臉！」冬梅辯著。

蔣母拍著桌子：「妳還要狡辯？永正我的兒呀，你看看你娶的好媳婦，你屍骨未寒，她就偷人了呀！啊……」

冬梅聽到這裡，也一肚子火：「請你老人家說話乾淨點！」

蔣母對站在旁邊的世廷、永娟跳腳說：「你們看看，你們看看，她是什麼態度？永正！我的兒呀！你為什麼走得這麼早，要你媽來受氣？啊……」

永娟連忙來安慰：「媽！媽！妳也不要生氣了，別氣壞身子。」

「妳叫她走！叫她馬上走！把旭陽、莫愁留下來，其他的都給我滾！」

冬梅含淚站在那邊。

永娟暗示丈夫，世廷才敢規勸：「媽！這是不可能的，目前我們家需要人手。」

「我不要看見她，我不要看見她，踏進這個家門，她是一身骯髒啊！」

冬梅忍無可忍，也吼起來：「我要怎樣向妳解釋，才相信我的清白？！」

「妳不要說了，妳沒有資格跟我說話，我們蔣家沒有妳這個不要臉的媳婦！」

蔣母有點支持不住，身子搖搖幌幌。

永娟扶住蔣母：「媽！妳去房裡歇一會吧！」

「以前我嘴裡雖然說著，內心並不相信，可是今天眼見是實，妳這個賤人，妳要把我氣死！」

蔣母突然暈了過去。

「媽！媽！」永娟連忙扶住。

冬梅想過去搶扶。

蔣母睜開眼，見是冬梅，一把推開，冬梅一個踉蹌，差點跌倒。

世廷向冬梅暗示，叫她走。

冬梅強忍走出。

孩子們冷面坐在那邊。

冬梅進來。

莫愁、莫依見了母親，撲上去大哭，叫著：「媽！媽！」

冬梅詫異看旭陽，面上有破皮傷問說：「你受傷了？！」

「大表哥說媽是壞女人，哥跟他打起來了。」莫愁說著。

「旭東呢？你沒有在？」冬梅望旭東。

「我在門口，後來才知道。」旭東鐵著臉說。

冬梅無言，頻頻難過地搖頭，但強忍著。

「你們都坐過來。」

孩子們坐近冬梅，淚眼望母。

冬梅頓了頓才說：「這些天，也許你們聽了不少，媽很抱歉，讓你們受委屈了，我要說的是，媽不是一個隨便的女人，他們捕風捉影，造謠生事，那是他們的事，只要我們站定腳跟，潔身自愛，就不怕他們毀謗，汙蔑，不錯，衛生所吳伯伯，是媽學長，老同學，跟你們父親也很熟，我們分別十多年了，一直沒有聯絡，想不到我去衛生所報到，他竟然是這個衛生所領導，就因為這層關係，帶來無盡的煩惱。」

冬梅看了看孩子，又用力的語氣說：「難道是媽的錯嗎？你們奶奶指我千方百計調回南方，是早有預謀？！這是天大的冤枉，媽還不老，也有七情六慾，照理也可以改嫁，但是我的心已經死了，我一生最大的願望，是把你們扶養成人，個個成器，那媽也不會愧對你們的父親了。孩子！媽向你們保證，媽的一舉一動，絕不使你們感到恥辱，盡可以抬起頭來，挺起胸脯，面對所有的困難、逆境！」

孩子們大慟，叫著：「媽！」

冬梅大喝：「不要哭！擦乾眼淚，蔣家人是打不倒的！」

「是！媽！」個個用力擦淚，昂然挺立。

＊　＊　＊

吳力辦公室，冬梅、吳力心事重重站在那邊。

「學長，這裡我待不下去了。」冬梅說。

吳力感情地望她。

冬梅繼續說：「我怕見你，我怕來衛生所，我怕走在上班的路上，十目所視，十手所指，把我當成淫蕩的罪人，向我吐口水，向我丟石頭……」冬梅說不下去了。

「不光是妳，我也是一樣，我也是一樣。」吳力皺眉說。

「這個社會太可怕了，對一個可憐的寡婦，一點同情心也捨不得施捨？」

「我知道是誰搧風點火，是我害了妳。」

「妳是指崔英？！從我來報到開始，她就沒好臉色給我看。」

「這個女人的心眼，比針頭還小。」

「為什麼？我跟她沒有利害關係啊！」

吳力考慮俄頃才說：「她一直纏著我，兩年來她每週給我一封信，已經有一百多封了。」

冬梅釋然：「噢！難怪！她兩年來都沒有攻克你的心？」

「而且越來越使我反感，我勸她多少次了，感情的事，是勉強不來的，在婚姻上，我已經失敗過一次，一日被蛇咬，十年怕井繩，我不會再輕易嘗試，除非是我真愛的女人。」

冬梅看了一眼，未語。

「我跟她沒有共同語言，日子怎麼過？我告訴她，要把她的信，全部退還給她，她鬧著要自殺，我怕極了，冬梅！不瞞你說，我是背著沉重的十字架啊！」

「那這樣說來，我更不能待了。」冬梅痛苦地坐下。

「走吧！」吳力說。

冬梅一怔，望著吳力。

「我已經安排好了。」

冬梅又是一怔。

「為了減輕你的家人，對你的不諒解，為了工作方便，我已經與隔鄰一個衛生所徐所長說妥了，把你調過去，他那邊正需要妳這種有經驗的助產士。」

冬梅高興地站起：「學長！真的？」

「而且我還告訴妳一個好消息，妳以前同學的妹妹阿美，正好嫁給那邊的幹事王大有，他們可以照顧妳。」

冬梅笑逐顏開：「這是真的嗎？太好了。」

「當然！我是不願意妳走的，可是除了如此，還有其他什麼辦法？明天就走吧，我會派車子送妳到渡口。」

冬梅這才相信是真的，她含淚緊握吳力的手說：「學長！謝謝，謝謝你！」

碧波如鏡的小河，一艘渡船，載滿了冬梅一家，他們向岸上揮手，說著再見。

輕快的越劇音樂揚起，冬梅和子女合唱越劇，各個神色飛揚。

（十五）

一艘滿載冬梅全家人的渡船，向彼岸駛去。

彼岸已有徐所長、王大有夫婦等人在等候。

冬梅等人上岸。

阿美先上前，她已懷孕，挺了個大肚子，圓臉有喜感。

「冬梅姐！妳還認得我嗎？」阿美先招呼。

冬梅熱烈握阿美手說：「妳是阿美，我怎麼不認識？那個時候，妳是個小姑娘，我跟妳姐姐感情最好了，還常到妳家裏去玩。」

「聽說妳來了，我好高興，來，我來替妳介紹，（指王大有）這是我家死鬼。」

王大有是山東人，用山東腔說：「第一次見面，哪有這麼介紹的？！」

「好，好，對不起，重來。」阿美鄭重其事地說：「這是汾口鄉，鄉幹事，王大有同志。」

「這還差不多，歡迎、歡迎、歡迎。」王大有與冬梅握手。

阿美又指徐所長：「這位是衛生所，徐所長。」

「領導！不敢當。」

徐所長與冬梅握手：「吳力兄交代的，我能不來嗎？」

眾人一笑。

「江冬梅同志！住的地方已替妳安排好了，走吧！」王大有又說。

又摸摸孩子頭，提起行李帶頭走，一行離開碼頭。

這是一間破舊平房，有院子、籬笆，籬笆那邊是丁家，冬梅一行走入，老丁帶著女兒素素注視著，籬笆上有牽牛花、漁網，院內有花草，遠望水鄉，風景秀麗。

「哇！好漂亮！」莫愁四週望了望，感嘆著。

「姐！我好喜歡。」莫依也跟著說。

旭東、旭陽喜出望外地到處觀望著。

「這間房子是屬於鄉公所的，年久失修，但還可以住人，俺昨天得到消息，妳要來，俺稍微清理了一下，嘻嘻⋯⋯」王大有說明。

冬梅也意外高興：「太好了，太謝謝了，領導！你請回吧！」

徐寬所長說：「江同志！你還要忙著整理，那我先走了，上班的事，妳先來衛生所再說。」

「你這邊需要人手，明天我就來上班。」

徐所長緊握冬梅手說：「不瞞你說，助產士是有，但是經驗不足，有妳來，我就放心了。」他說完就辭去。

這是木柱磚瓦房，房內有大小二間，大間是統舖，足可容冬梅一家，另有四方桌、木凳，廚房在角落。

「江冬梅同志，妳看還行嗎？」王大有客套問著。

「行，簡直是太好了，嗯，有了這間小屋，我就可以把婆婆接來住了。」

孩子們聽了互望，顯然是不同意母親心意。

「來，俺來幫你們安頓一下。」

冬梅連忙謙辭：「不、不、不敢再麻煩領導。」

王大有直爽地回說：「領導？！領導還不是為人民服務，人民是老闆，俺是小伙計，老闆要俺往東，俺不趕往西，老闆要俺打狗，俺不敢罵雞，嘻嘻⋯⋯」

冬梅拉著阿美的手笑說：「阿美！我真替妳高興，妳有這麼好的愛人。」

阿美笑說：「我們大有對人確實很熱心，所以一些老朋友，都管他叫山東熱饅頭（山東腔）。」

引來眾人一笑，大有還去搔旭陽癢，旭陽笑著逃離，氣氛熱鬧有趣。

「這些孩子跟你有緣，他們上學的事，也得拜託你了。」冬梅說。

「當然，當然，俺一手包辦！」

這個衛生所房舍格局與以前的類似，也有手術室、病房、助產士辦公室等，徐所長帶領冬梅拜望各處。

「本所硬體設備，差強人意，人員素質比吳所長那邊差一點。」

「領導太謙虛了。」冬梅笑說。

「所以把妳調過來，也是這個道理。」

護士阿萍走來。

徐所長向她招手：「阿萍！來！」

阿萍走近。

徐所長介紹：「這是新來的助產士，江冬梅同志，這是護士阿萍同志。」

冬梅與阿萍握手說：「以後請多關照。」

「哪裡，請江師傅多指教。」阿萍回說。

「阿萍同志為人謙和，不扳弄是非，以後多接近。」徐寬接著又說：「根據孕婦檢查報告，除了較遠的鄉下，有個中年孕婦，胎位不正，而且即將生產，其他應該沒有什麼事，妳可以上班半天，整理家務，不過值班就比較辛苦。」

「那是當然，領導，謝了。」

「等會去財務組，領輛自行車，遠地接生有車接送。」

「所長想的太週到了，謝謝！」冬梅衷心感謝。

冬梅騎著自行車回家，神情愉快。

一輛舊麵包車對面駛來，世廷探出頭來招呼：「大嫂！」

冬梅停車：「呃?是你?！」

世廷也下車：「來辦點事，正要回去，怎麼?住的地方還好嗎?」

世廷關心地問著。

「很好，過幾天，我準備去接媽來住。」冬梅說。

「她老人家不會答應的。」

「請你在旁邊做作思想工作，替我打打邊鼓。」

「大嫂！妳知道她這個臭脾氣。」

「人心都是肉長的，是我太疏遠她了，改天妳和永娟、孩子一起來玩。」

「一定，一定。」世廷從口袋掏出一點錢，硬塞給冬梅：「大嫂！妳新到一個地方，開銷比較大，這點錢…」

冬梅婉拒：「不，謝謝你，你這心意，我心領謝了。」

世廷無奈，只好又把錢塞回口袋。

「好了，那我走了，再見！」

「再見！」冬梅看麵包車走遠了，才騎上自行車離去。

冬梅新居，最有紀念意義的蔣永正放大遺照，掛在正中，雖然破舊，卻整理的井然有序，新家有新氣象，冬梅進來，孩子們圍上。

「媽！妹妹好像病了。」莫愁說。

莫依垂頭喪氣坐在那邊。

「媽！我頭暈。」莫依說。

冬梅摸她額：「好像有點發燒，莫愁去把溫度計拿來。」

莫愁拿體溫計，冬梅塞在莫愁舌下，對孩子們說：「你們上學的事有眉目了。」

孩子們高興狀。

「不過，還不是正式上學，是去旁聽。」冬梅停了停又說：「明天就去吧！學校在仙公橋附近，我想每天走來回，鍛鍊鍛鍊也不錯。」

孩子們望冬梅，內心有點歡喜，也有點失望，因為是旁聽生。

「晚上我會把你們上學的東西，準備好，旭東、旭陽，你們準備功課，莫愁！妳幫忙燒飯。」

冬梅取出莫依的溫度計，看了看：「嗯，38.2是有點發燒。」

於是她提來一個舊小箱，內面放有家庭必備的藥物，她取出一粒含片。

莫愁主動端來一杯水。

莫依吞藥。

冬梅摸了摸她的頭說：「你好好睡一會，明天就好了。」

冬梅貼臉，親了莫依一下，又定定望莫依，溶入文化大革命片段⋯⋯

一青年男人，頭戴高帽，被紅衛兵，紅色小鬼，綑綁跪在地上。（四周模糊不清畫面）

紅衛兵頭頭聲嘶力竭叫著：「打倒保皇派！打倒保皇派，聲音一呼百應，氣氛可怖。」

青年男人大叫：「冤枉！冤枉！」

紅衛兵又叫著：「他不認帳，就是死硬派，我們打倒死硬派！打！打⋯⋯」

許多棍子，打在男子身上、頭上，男子頭破血流，奄奄一息。

河邊一青年女子，緊抱襁褓嬰孩狂奔。

冬梅在後面，緊追大喊：「秋紅！秋紅！妳不可以這麼做！」

青年女子跌倒，冬梅趕到拉住她。

「他被人害死了，我要帶著孩子跟他去！」

「秋紅！妳聽我說，孩子是無辜的！」冬梅力勸。

女子哭著說：「可是我無路可走啊！那個禽獸！他是看上我，我不答應，才害死孩子的爹⋯⋯」

「妳可以躲，妳可以逃！」

「天羅地網，上天無路，下地無門，我生不如死，讓我跟孩子的爹走吧！」

女子說完掙脫冬梅，又抱嬰孩狂奔。

秋紅停步，把孩子丟給冬梅。

嬰孩大哭。

冬梅差點失手，終於張開雙手接到，跌倒在地。

秋紅從岸上躍下，跳入深潭。

冬梅驚恐的臉色，失望、悲痛、狂叫：「秋紅！秋紅！」

潭深人不見了，漩渦也不見了。

冬梅輕拍嬰孩，含淚望著潭面。

冬梅回憶回來，莫依服了藥睡著了。

冬梅抹去眼角淚水：「莫愁！幫媽弄菜。」

母女端來矮凳，摘著黃菜葉。

莫愁看了看母親一眼說：「媽！聽說明天有越劇到附近來演野台戲，我想去看。」

「明天起，要去學校旁聽。」冬梅叮嚀了一句。

莫愁失望的表情：「噢。」

（十八）

東方發白，公雞啼，朝陽升起，戶外鳥雀爭鳴。

旭東、旭陽、莫愁都穿妥當。

冬梅在廚房弄早餐。

莫依仍躺在床上。

冬梅動作俐落，端來稀飯饅頭、豆腐乳等，孩子狼吞虎嚥吃著。

「這孩子不上學也該起來了。」冬梅伸手摸莫依額頭皺眉：「怎麼還發燒？！莫依！莫依！」冬梅叫著。

莫依夢囈般說：「媽！我頭暈。」

冬梅向外望了望(無手錶)開醫藥箱取了二片藥，對莫愁說：「妳留在家裡吧。」

「媽是說，我不用上學去了？！」

冬梅一邊整理衣物，一邊說：「妹妹病還沒好，妳在家照顧她，這兩片藥，待會吃一片，中午再吃一片，媽下午就回來了。」

莫愁答著：「哦。」

冬梅又對兒子說：「動作快一點，第一天，我陪你們去。」

旭東、旭陽拿了書包，要走出大門，旭陽又回頭，再拿點花生米，往嘴裡塞。

冬梅塞塞莫依被子。

「中午妳們隨便吃點，晚上韭菜包餃子。」

冬梅偕子出去。

莫愁又叫著：「媽！媽！」

冬梅正要跨出去的腳，停住了：「什麼事？」

莫愁怕挨罵，不敢說：「沒，沒什麼。」

「這孩子！」冬梅嘀咕了一聲，才走出。

莫愁自問：「下午野台戲，可以去看嗎？」她怔在那邊。

永娟未好好修飾，在院子洗著衣物，不時站起身伸懶腰，一臉不快。

兒子小軍叫著：「媽！媽！」

永娟有點火：「叫魂啦！」

小軍拿了一件衣服一丟說：「這裡還有件衣服要洗。」

永娟沒好氣地：「洗、洗、洗，洗你的頭！」

世廷從外面進來，笑著說：「又怎麼啦？！」

「這兩天，媽的脾氣特別大。」小軍說。

「對，這兩天，我情緒不好，誰惹了我，誰都沒有好處！」

「妳拿孩子生什麼氣？」世廷說。

「我還能拿誰出氣?我是羅家的老媽子，我是羅家的保姆，從早到晚上，撲克牌不能打了，麻將也不能搓了，街也不能逛了，還有一堆衣物永遠洗不完。」

「哪個家庭主婦，不幹這些事?妳是舒服慣了。」世廷說了老實話。

「世廷!再去找個保姆好不好?」永娟語氣放軟。

「妳能叫得來嗎?不是嫌她們手腳不靈活，就是嫌他們燒菜不對味，年輕的女人，怕我偷腥，年老的女人怕病倒在家裡，我看還是自己來吧!」

永娟拿起一件濕衣丟過去，差點丟在蔣母身上。

蔣母皺眉說：「妳瘋了?!」

永娟站起，生氣欲入內。

蔣母也搖搖頭：「待會，我來洗吧!」然後對世廷說：「下班了?!」

世廷說：「媽!今天下午我去鄰鄉，在路上遇見大嫂。」

永娟止步。

蔣母望世廷。

「她說那邊住家比較寬敞，想接媽過去住。」世廷說。

蔣母奴奴嘴：「我才不去。」

永娟立即接腔說：「去，為什麼不去?!」

「我見她們就生氣。」蔣母說了實話。

「媽!妳真笨。」永娟與母耳語。

蔣母恍然。

「等哪天，天氣好，我們陪妳去。」

蔣母怔一會說：「我怎麼早沒想到！」

「老了，腦筋遲鈍了。」永娟得逞狀。

世廷不滿搖頭。

*　*　*

莫依躺在床上，病痛輕哼著。

遠處傳來越劇聲。

莫依輕喊著：「姐！姐！」

她偏頭四望，屋子內無人。

門推開，莫愁陶醉在越劇中，邊進來、邊哼著越劇。

「姐，我要喝水。」莫依輕說。

莫愁邊走邊唱著越劇腔口白：「待奴家為妳取來。」

莫愁端了一碗水，輕移步，唱著：「忽聽小姐要喝水，三步併作兩步走。」

莫愁扶起莫依坐起喝水，手一摸大驚「呃！妹妹，妳全身好燙！」

「我頭暈。」

莫愁扶妹妹喝水躺下，她去檢查一包藥，臉色大變：「妹妹！我忘了給妳服退燒藥了。」

＊　＊　＊

另邊助產士辦公室，冬梅和阿萍正在聊天。

「江師傅！妳家裡孩子不舒服發燒，先走吧。」阿萍說。

「不好意思，何況另一個助產士臨時有事請假，若是有產婦怎麼辦？」冬梅顧全大局。

「是啊！她若不來，妳得替班，別的事我可代勞，碰上接生，我可沒有辦法。」

冬梅也心急：「就是，就是。」

這時徐所長帶著農人小馬進來。

徐寬面露微笑說：「江冬梅同志！幸好妳在，不然就麻煩了。」

「怎麼啦？」冬梅不解。

徐所長說：「小馬的愛人要生了。」

冬梅與阿萍互望。

小馬在一旁猛點頭。

「就是我上次說的胎位不正常的那個產婦。」徐所長補充說。

冬梅望著小馬問說：「現在情況怎麼樣？痛了多久了？」

小馬心急，眼睛一閉一閉口吃說：「痛，痛了很久了，她，她一直打我、罵我，說是我害了她的，嘿嘿。」

徐所長低頭看手錶說：「快走吧！路不近，阿萍同志！妳陪江同志一起去吧！」

「所長！江師傅家裡⋯⋯」阿萍說了實話。

徐所長問冬梅：「妳家裡有事？！」

「老四有點感冒，沒有關係的。」江冬梅不便推辭。

「那就麻煩妳了，車子在門口等著，快走吧！」

* * *

旭東用濕毛巾，放在莫依額頭。

莫愁在一邊擦淚。

「哭！妳就知道哭，媽回來，不抽妳的皮，才怪！」旭陽責備著。

莫愁嚇得哭聲更大。

「不要嚇莫愁了，我看媽也快回來了。」旭東說。

這時王大有夫婦提了菜，叫著進來。

「我媽還沒有回來。」旭東說。

阿美：「是不是發生什麼事了？！看你們各個愁眉苦臉的。」

旭陽回說：「小妹病了。」

「噢！」阿美走去用臉貼莫依額：「噢！好燙！可病得不輕。」

王大有去摸莫依額頭。

「多久了？！」王大有問說。

「昨天晚上，妹妹就喊頭暈。」莫愁邊擦淚邊說。

「重感冒，一定是重感冒，妳媽什麼時候去上班的？」阿美問著。

莫愁：「早上。」

「到現在還沒有回來？啊喲！這怎麼得了，高燒不退，可能引起肺炎就麻煩了。」阿美急的搓手。

「那怎麼辦？」王大有也著急。

「熱饅頭！妳有拖拉機，趕快送孩子去衛生所！」阿美提議。

「我也去！」莫愁說。

旭東說：「妳跟旭陽看家，我去好了。」

王大有一把抱起莫依，一行人走出大門。

冬梅接生歸來，疲勞不堪。

阿萍提了藥箱，扶著她。

阿萍說：「江師傅，我做護士五年了，還沒有見過這麼難產的孕婦。」

「胎位不正，就是這麼麻煩，必要時得動手術。」

「是，是，折騰了四個小時，今天若不是妳經驗老到，恐怕母子生命都難保。」阿萍說。

「不會，以前有人說，女人生產，一只腳在棺材內，一只腳在棺材外，現在科學發達，剖腹生產也常見，就不會有生產危險了。」

「聽說骨盤小的孕婦，也常使用這種手術。」

「對，不過孕婦要提早到醫院，像今天這個偏遠地方，那是凶多吉少了。」

冬梅分析著。

「我們總算完成任務了，阿萍！謝謝妳！」

「天都快黑了，妳快回去吧！」

她們正要入內。

大有拖拉機來到。

旭東在車上見了母親大叫：「媽！媽！」

冬梅意外，忙迎上。

大有抱著孩子，急著入所。

阿美對冬梅說：「這孩子病得不輕，快找徐所長。」

阿萍立答：「我去找。」

冬梅抱著莫依，自言自語：「怎麼會？怎麼會？」

阿萍替莫依量體溫。

徐所長用聽診器，診斷莫依，一邊問阿萍：「多少度？」

「四十度。」阿萍說。

冬梅臉色大變，似不信，自己再看體溫計。

「是四十度。」

「哦？這麼高？！」徐寬也訝異。

王大有安慰冬梅：「江師傅，徐所長是內科、小兒科專家，妳盡可放心。」
徐所長替莫依翻眼皮，聽胸脯，最後拿起莫依小腿敲了敲。
冬梅急問：「所長！怎麼樣？」
「叫她站起來看看。」徐所長臉色凝重說。
冬梅扶莫依站起來，放開手，莫依立即跌倒。
「妳，妳站不住？」冬梅心慌了。
「媽！我好像沒力氣。」莫依說。
冬梅聽了一怔，但忍住：「妳再試試看。」
冬梅拉莫依起來，再放開手，莫依又倒了下去。
冬梅已知不妙，心疼地抱著莫依。
在一旁的王大有問說：「所長！怎麼樣？不要緊吧？！」
冬梅眼望徐所長：「所長！」
徐寬考慮俄頃才說：「江同志，妳是助產士，當然也學過小兒科病症，我不敢斷言，送縣醫院，掛急診吧！」
「所長是說⋯⋯」冬梅不敢再說下去。
「這孩子很不幸，恐怕八成得了小兒麻痺症了。」
眾人均震驚：「什麼？」
旭東同情地望著莫依。
冬梅抱起莫依，冷冷站著，含著淚水，半天她才撕心般叫了起來：「老天爺！為什麼？要對我過不去？為什麼？」

旭東哭叫著：「媽！」

其他人均同情狀。

阿萍陪著冬梅帶了孩子，來縣醫院診斷。

張大夫取出體溫計看著說：「三十八度」他微搖頭，再為莫依檢查頭部及脊柱。然後又問說：「小妹妹！妳的頭痛不痛？」

「有些痛。」莫依回說。

「想不想睡覺？」

「好想，嗯……」

張大夫又問冬梅：「她嘔吐過嗎？」

冬梅答：「昨天晚上吐了兩次，今天早上也吐了。」

「妳抱她坐在桌上。」

莫依緊抱母親：「媽！我不要。」

「大夫給妳看病，乖。」

「媽！我怕。」

「別沒出息。」

莫依不再開腔，冬梅把她坐桌面上。

大夫分開莫依膝部，壓其頭於兩膝之間，然後示意。

冬梅抱起來，回坐。

「孩子的飲食情形怎樣？」張大夫問說。

「不想吃，一天到晚昏昏沉沉。」

此時莫依已在冬梅懷中呈昏睡狀。

張大夫看了冬梅一眼說：「江冬梅同志，根據妳所說的症狀，以及我所做的物理診斷，結果很不幸，可以判定這孩子是感染了脊髓灰白骨炎，也就是一般人所說的小兒麻痺症！」

冬梅大驚：「什麼？那是真的了？我原還抱一線希望的。」

冬梅如雷擊頂，但力持鎮定，合目昂首，半响無聲。

阿萍同情地挽其肩。

張大夫補充說明：「不過剛才經過我檢查，她的頭部、脊柱和四肢，雖然略有強直現象，可是反應仍然正常，這是偏向〝頓挫型病例〞要及早治療，再加適當調理，後果也許不會過於嚴重。」

「張大夫！徐所長告訴我，說您是這一方面的專家，這孩子是不是能夠得救，全靠您了。」冬梅說。

「那是徐所長的誇獎，坦白的說，沒有任何大夫敢保證能治好小兒麻痺症，可是我一定盡最大的努力就是了。」張大夫說。

「謝謝張大夫！我對您是充滿信心的。」

「對，這一點相當重要，而且妳也要給孩子建立信心，使她相信她的病，是可以治好的。」

「要不要住院治療？！」冬梅又問了一句。

張大夫說：「這倒不必，讓孩子留在家中，會減輕她心理的影響，不過，妳這位做母親的，就要辛苦一點了。」

「為了孩子，無論做什麼？我都心甘情願。」冬梅堅定地說。

「從今以後，妳每天至少要跑兩個地方，到我這邊來打針吃藥，另外我介紹到另一位大夫去做物理治療。」

「好的！」冬梅答。

張大夫不厭其詳的教導：「除了一般照料之外，應該使用熱溫毛巾，經常按敷她的背部和四肢，那是減少肌肉痙攣最好的方法。」

「其他還有什麼需要注意的？」

「多休息，不要做劇烈運動，至於飲食方面，吃得越清淡越好！」

冬梅住處，孩子們個個顯得無精打采，坐立不安的樣子。

飯桌上放著少許菜，大有逗他們開心：「孩子們！不要愁眉苦臉，打起精神來，等王阿姨燒好湯，妳們可以吃飯了。」

「我要等媽回來吃。」旭東說。

莫愁肚子餓，拿了筷子想吃一點菜。

旭陽立即變臉：「筷子放下，妳敢吃？！都是妳害的！」

莫愁放下筷子，哭了起來。

大有外望突然叫起來：「你們媽回來了。」

冬梅背著莫依進來。

孩子們迎上，七嘴八舌問著莫依病情。

這時阿美端了一碗湯，自廚房走出。

冬梅見了大有夫妻，及桌上菜販，感動地熱淚盈眶。

「真謝謝你們了。」冬梅說。

冬梅將莫依放在床上。

「媽！我好渴。」莫依說。

莫愁連忙送去水，讓妹妹喝了。

阿美去摸了摸莫依額頭問說：「冬梅姐！不要緊吧？」

「是啊！妳去了大半天，我和阿美很擔心。」大有說。

「我跑了兩個地方，以後每天都要兩頭跑。」

「苦了妳了。」阿美同情地說。

王大有看了看阿美，然後說：「妳們吃飯吧！我們還有點事。」

「不一起吃點？」冬梅說。

「不了，再見了。」阿美說。

王大有夫妻走出。

冬梅坐下喝口水。

眾人圍著莫依。

旭東首先問說：「媽！妹妹到底什麼病？」

冬梅遲疑半天才說：「孩子，媽不瞞你們，妹妹是得了小兒麻痺症！」

眾孩子愣然。

旭東：「這可怎麼辦？」

旭陽：「妹妹的病能治好嗎？」

冬梅無言。

「都是莫愁！」旭陽怒目望莫愁。

莫愁跪下哭起來：「媽！妳打吧！妳罵吧！是我不好，我不該偷偷去看越劇的，是我忘了給妹妹服退燒藥。」

冬梅淚眼望莫愁，拉她起來說：「不能全怪妳，是媽替人當班，是媽去鄉下接生，碰巧那個孕婦難產，才耽誤了的，命！這都是命！」

莫依睜開眼說：「媽！我會死嗎？」

冬梅連忙俯身下去說：「不，不會！妳不要胡思亂想。」

「我知道，因為媽愛我，我一定不會死。」

眾子女都哭了。

冬梅立即喝阻：「你們都不要哭了，你們難過，會影響妹妹心理，你們肚子餓了，先吃吧，我現在不餓。」

旭東、旭陽吃著。

莫愁望著空碗。

冬梅摸了摸莫愁頭：「妳也吃吧！」然後又問莫依：「妳要不要喝點稀飯？！」

「不要。」莫依說。

「那就早點睡吧，明天一早，媽還要帶妳去看醫生。」

「我想睡又睡不著。」

「妳眼睛閉了，我拍拍妳睡。」

冬梅忍著淚水，一邊輕拍，一邊唱著催眠曲⋯⋯

冬梅輕唱：「睡呀，小親親，妳不要害怕，

媽媽在這裡呢！

夢的世界是甜蜜的

有鮮花在園中開放

有碧草在地上乘涼

小鳥在枝頭歌唱

蝴蝶在花叢中舞蹈

還有那小小的船兒

在綠波中蕩漾

暖和的太陽

甜蜜的花香

它們都在等著妳呢！

妳為什麼不去玩一趟？」

莫依終於入睡。

飯桌上三個孩子眼淚汪汪停筷望著母親。

冬梅強忍走了出去。

冬梅在門前院子掩臉抽咽。

吳力提了禮物進來，手放在她肩上。

冬梅發覺轉身，見是吳力，意外：「是你？！」

吳力說：「下午，來辦點事，才知道，我就趕來了。」

冬梅哽咽地說：「多聰明可愛的孩子，她母親丟給我的時候，還不到一歲，拉拔這麼大，也不容易啊！」

吳力不知用什麼話安慰，只說三個字：「可不是？！」

「如今她得了這種病，我怎麼對得住，她冤死的父母？」

她又雙手掩臉暗泣著。

吳力想拍她肩，又止。

好一會，冬梅才轉身對吳力說：「進去坐一會吧！」

「好吧！時間不早了，我看看孩子就走。」吳力說。

他們入內。

王大有夫婦去作客，在村頭與冬梅相遇。

冬梅背了莫依。

「江師傅！」大有招呼。

「冬梅姐，我看你每天這樣背來背去，實在太累了。」阿美說。

「沒有什麼，我已經習慣了。」冬梅微笑回應。

「治這個病，恐怕要花很多錢吧！」王大有關心地問說。

「還好兩位醫生都很幫忙。」

「若是妳有不方便，一定要跟俺說，不要客氣。」

「必要的時候再說吧，謝謝，再見。」

冬梅背了孩子走了。

大有夫妻同情地望著冬梅背影。

阿美想了想說：「熱饅頭！你剛才不是說，要幫冬梅姐的忙嗎？」

「是啊！」

「她啊！個性強，明的，她是不會接受的，只有在暗中幫忙。」

「妳怎麼說，俺怎麼聽。」

「你們鄉政府，有沒有抄抄寫寫的？」

「有啊！每天發公文給下屬單位，她能刻鋼板就好了。」

「這沒有問題，你明天就拿來，請她加個班，不就有收入了？」

「行，行！難怪人家都說，俺愛人聰明能幹，嘻嘻。」

蔣母在院子掃地。

永娟叫著進來：「媽！媽！我剛才聽說，我剛才聽說……」

「聽說什麼？不要又是見了風就是雨。」

「千真萬確，江冬梅的孩子出事了。」

蔣母一聽，關心地問說：「出事了？！出什麼事？是哪一個？」

「是小四，聽說搬去那天，大概受了風寒，高燒不退，現在大夫檢查出來，確定是小兒痲痺症。」

蔣母一聽，不是永正親身骨肉，好似放了心說：「呃！報應，這就是報應！」

「話也不能這般說，那個孩子，長得多秀氣，得了這種病，真可惜。」

永娟想了想又說：「不，不，我不是說，長得醜，就該得這種病，我是覺得蠻令人同情的。」

「這倒也是，以後長大了，變成跛腳姑娘，找對象都難。」

永娟嘆了一口氣：「唉！冬梅運氣真不好，媽！我想去看看冬梅。」

「妳不是一直叫我過去住嗎？」

「那媽是答應了？！」

「我是為了妳哥哥永正，好歹也是他女兒，我過去住，多少幫點忙。」

「媽！這幾天我想了很多，世廷說的對，做人是應該豁達一點，包容點，設身處地為別人著想，才不至於整天煩惱。」

「妳以為媽的心，是鐵打的？沒有人情味，其實我心裡比誰都熱。」

「媽！我知道，妳是刀子嘴豆腐心！」

世廷拿著公事包，站在那邊，輕感嘆：「女人，這就是女人。」

永娟看見世廷，忙過來說：「世廷我剛才聽說冬梅家…」

「我也聽說了，明天是星期天，我們大夥，一邊送媽過去，一邊去看看大嫂和孩子們吧！」世廷說。

（十七）

旭東、旭陽、莫愁在四方桌做功課。

吳力陪莫依坐在床上。

冬梅在廚房剁菜。

莫依拉吳力手說：「吳伯伯！妳答應今天說故事給我聽的，現在可以說了吧？！」

「當然、當然，我今天來，是特別說故事給妳聽的。」吳力說。

「說什麼故事呢？」莫依求知若渴。

「讓我想一想，哦！有了，我就說美國，一個偉大女人的故事吧！」

莫依拍掌。

吳力一本正經說道：「美國有個女人，叫海倫凱勒小姐，生下來，就又聾又啞，眼睛也看不見東西，她的父母難過的不得了……」

＊　　＊　　＊

陽光普照，風和日麗，羅世廷全家及蔣母，乘渡船。

他們興致高昂，一路談笑。

小娟投入蔣母懷抱說：「外婆！以後妳要常回來玩噢。」

「外婆！妳若那邊忙，不回來，也沒有關係。」調皮搗蛋的小軍說。

永娟一個大暴荔打在他頭上：「哪有這樣說話的？」

蔣母微笑說著：「這孩子最嫌我嘮叨，你這個搗蛋鬼，我是眼不見，心不煩。」

小軍抱著外婆說：「外婆！我是鬧著玩的。」

「其實，我內心通明亮透，你們當我是廢物垃圾，恨不得趕快把我清出去。」蔣母說。

「媽！天地良心，女兒絕沒有那個意思。」永娟解釋。

世廷這時開口：「媽！您說句公道話，我這個女婿怎麼樣？」

「好的，街坊鄰居都說你很孝順我。」

羅世廷望了妻子一眼，得意地說：「癢要自己抓，好要別人誇。」

永娟看了他一眼翹著嘴。

＊　　＊　　＊

吳力在冬梅家，對莫依說故事，故事說完，莫依拍手。

「吳伯伯說的故事真好。」莫依說。

「不是吳伯伯說的好，是這故事本身就好，妳想，海倫凱勒是一個又聾又啞，眼睛又看不見的姑娘，可是就憑她的勇氣和信心，居然學會法文、德文和拉丁文，又在大學畢了業，後來更寫書，成為世界有名的演說家，這不是非常傳奇的事情嗎？」

冬梅插嘴說：「莫依！吳伯伯說這故事，是什麼意思？妳知道嗎？」

莫愁搶嘴：「媽！我知道。」

冬梅：「要莫依說。」

「我知道，人要勇敢、要吃苦、要有向上心，就是一個殘廢的人也能成功，也能成為一個了不起的人！」

吳力聽後，抱了抱莫依說：「對了，莫依真聰明。」

「是媽教給我的啦！」莫依說。

「還有一個故事。」吳力接著說：「有一個美國人，他也跟妳一樣，小的時候得了小兒痲痺症，可是他肯奮鬥，後來當了美國大總統。」

旭陽搶說：「我知道，他就是羅斯福總統。」吳力看手錶：「呃，時間不早了，我要回去了，明天我來，再說給妳聽。」

旭東眼尖，望著窗外大叫起來：「奶奶和姑姑、姑父他們來了。」

冬梅一怔，連忙用揩布擦手，迎了上去。

蔣母帶頭進來。

蔣家眾子女叫著招呼：「奶奶！姑姑、姑父。」

羅家子女叫著：「舅媽！」

冬梅替蔣母脫外套，一邊說：「我本來想親自去接您老人家的，（指小間）這間房間，空氣好，留給媽住。」

蔣母看了看小房間：「這兒環境不錯。」

冬梅一聽，微笑說：「媽滿意，媳婦就放心了。」

永娟親熱地抓冬梅手說：「大嫂！聽說你們家小四得了重病？」

蔣母：「孩子呢？我要看看孩子！」

莫依遠遠叫著：「奶奶！」

蔣母看過去，見吳力在那邊，臉色驟變。

吳力連忙招呼：「蔣大媽！妳好。」

「你也在！？」

「聽說孩子病了，我來看看她。」

「吳所長！這個地方，不是你們鄉管吧？」蔣母步步緊逼。

「不是。」

「那你真熱心啊！」

冬梅臉色立變。

旭東、旭陽、莫愁也對奶奶不滿狀。

「吳伯伯講故事給我聽。」莫依說。

「奶奶也有很多故事，以後奶奶講給妳聽。」

吳力尷尬，準備離去：「蔣大媽！羅經理！（也向冬梅點頭）我先告辭了。」

蔣母一直目送他離去，才緩和臉色，走到莫依身邊，摸她額，摸她雙手，然後定睛盯著冬梅。

冬梅像做錯事的孩子，低下頭。

蔣母說話了：「妳是助產士，該懂得如何照顧孩子，妳的心到哪裡去了？永正在天上也不會原諒妳的。」

「奶奶！是我的錯，媽媽加班，是我忘了給妹妹服退燒藥。」莫愁說明。

蔣母嚴厲地說：「大人講話，小孩不要插嘴。」

眾人怔住，還是世廷解了圍：「媽看看妳的房間吧。」

蔣母這才向小房走去。

莫愁望了母親一眼，嘴裡嘀咕什麼。

冬梅用手指敲了一下她的頭，莫愁縮了縮頭。

吳力在辦公室吸菸踱步，狀似心煩。

崔英一直站在那邊。

吳力抬頭看了看崔英：「有事嗎？」

「沒有事就不能來見領導了？！我是來向黨捐心，向你掏肺！」

「崔同志！這是上班時間。」

「我也正要提醒領導你呢？你最近上班的時間，常跑哪裡去了？」崔英步步緊逼。

吳力有點不快：「妳是什麼意思？！」

「若使人不知，除非己莫為。」

吳力放下臉說：「崔同志！人都走了，妳還不放過她嗎？」

崔英也冷色說：「可是有一個人的心，也被她帶走了，我看不過去！」

吳力生氣站起來：「妳……」

外面有女人叫著：「崔英！崔英！電話。」

崔英勾魂的看了吳力半天，才走出。

吳力生氣坐下，嘆了一口氣：「唉！」

冬梅用熱毛巾敷莫依四肢，又替她敷背，再按摩四肢。

其他三個孩子做功課。

新家多了一口掛鐘，指六時二十分。

蔣母冷眼旁觀。

莫愁說：「媽！我來按摩吧。」

「做妳的功課，妳們已經正式上學，功課不能耽誤。」冬梅說。

莫愁只好又低頭做功課。

冬梅繼續替莫依按摩四肢，弄得一頭大汗。

「媽！妳累了，歇一會。」莫依體諒母親辛勞。

冬梅感嘆地說：「已經一個月了，天天打針吃藥，物理治療也該有起色了，莫依！妳下床走走看，好不好？」

「媽！我，我怕。」

「怕什麼？」

「我怕摔倒，大夫伯伯說，不能受傷。」

「妳沒有試，怎麼知道呢？乖，來。」

旭東等放下功課：「妹妹！我們來替妳加油。」

「對！我們來替妳加油打氣。」旭陽附和。

莫愁也鼓勵：「妹妹！勇敢點，下來。」

他們在床前站成一排拍著手：「加油！加油！加油！加油！」

莫依被鼓勵下床，手仍摸著床沿。

冬梅小心翼翼護著。

奶奶也有點感應，但未加入。

「莫依！放開腳步走走看。」冬梅說。

莫依放開手，走了一步，就支持不住，搖搖晃晃跌倒了。

冬梅失望難過表情。

冬梅想拉她站起，她搖頭，想要自己支撐站起。

加油聲再起，莫依扶床沿自己站起，她要表現勇敢，不扶床沿伸開腳，再邁步，又立即跌倒在地。

冬梅望了，欲哭無淚。

「媽！我不行。」莫依自己擦眼淚。

大家都很洩氣。

冬梅抱她放在床上。

「媽！我一點都沒有用，我沒有出息。」

冬梅幾乎要哭出來，強忍住，拍了拍她的背說：「不要說了，孩子！大概時候還沒有到，不要灰心，總有一天妳會站起來的。」

奶奶也噙淚走來，親了莫依一下：「莫依真勇敢。」

「奶奶！」祖孫擁抱在一起。

冬梅背對孩子抽泣，她偷偷擦淚，深深吸了一口氣，拿來鄉公所取來的資料，刻著鋼板。

（十八）

牆上的掛鐘指十點。

奶奶孩子均睡了。

冬梅仍刻著鋼板，她有點累，去用水洗臉，坐下刻鋼板。

掛鐘指十二點了。冬梅支持不住，打盹，醒來揉揉眼睛再工作。一雙小手過來，強制拿去她的鐵筆。

冬梅睜眼一看，原來是莫愁。

莫愁拿起母親的手指，已有厚繭：「媽！妳太辛苦了。」女兒這句體己的話，說進冬梅心坎。

冬梅緊緊抱著莫愁。

「媽！我想去學習。」莫愁突然冒出這句話。

冬梅一怔。

莫愁說明：「聽說縣裡成立越劇團，招收學生，我想去。」

「為什麼？」

「是公費，錄取了不用花家裡一毛錢，我去了，家裡也少開銷一點。」

冬梅淚眼望莫愁一會，抱了抱她：「這孩子，這孩子，去睡吧，明天再說，噯。」

莫愁點點頭去睡了。

次日晚上，孩子們在四方桌上看書。

冬梅燒飯，才瓢了兩瓢，米缸已無米，她一怔，她到底有經驗，那就來個雜燴，蘿蔔、大白菜、豆腐等和在一起煮了。

灶內火熄了，冬梅吹火，弄得灰頭土臉。

菜已煮好，她用大盆盛了一盆，放桌當中，又一一添飯。

停筷坐著。

「叫奶奶吃飯。」

莫愁叫著：「奶奶！吃飯了。」

蔣母才從房間出來，坐定，見桌上一盆大雜燴，想到世廷家，三四個菜，

旭東等已一一端好飯，狼吞虎嚥吃著。

冬梅看他們。

旭陽叫著：「媽！妳也來吃。」

「你們先吃噢！」冬梅背過臉，在另一破小鍋，抓什麼，急著吞著。

蔣母看在眼裡，以為好東西留給自己吃，走去一看，小鍋內只剩一點鍋巴及剩菜。

孩子們也過來看見了，旭東拿了一個空碗，在自己碗內分一點出來，旭陽、莫愁也照做。

「媽！米不夠，為什麼不說，我們可以少吃一點。」旭東說。

「媽！妳這麼辛苦，不吃飯，怎麼行?！」旭陽說。

「是媽不好，媽忘了買米，這些昨晚留下來的剩菜飯，也蠻好吃的。」

莫愁已抱著母親哭了：「媽！啊⋯⋯」

蔣母筷子一摜，生氣地說：「妳是做給我看的是不是?不歡迎明說好了，明天我就回到永娟那邊去。」

冬梅：「媽！妳別生氣，媳婦是忙暈了頭，絕不是有意的。」

縫著。

＊　＊　＊

冬梅縫補孩子衣服，動作俐落，看見旭東衣服有點破，她就在他身上

莫愁內心有點急，問說：「媽！我的事，該不該去?!」

冬梅思考俄頃：「妳真的想去報名？」

莫愁點點頭。

「如果妳真的想去，就去吧！」

「謝謝媽！聽說報名要當場考試。」

「妳會什麼？」冬梅問說。

莫愁坦告：「我也不知道。」

冬梅看了她一眼，說著：「做一件事情，要是不做，要做就要做成功，平時聽妳哼哼唱唱，到緊要關頭，就不知道了?!」

冬梅咬斷線頭：「好吧！告訴妳啊，中國的戲曲，不管京戲也好，地方戲也好，都是音樂與舞蹈的結合，所以戲裡所講的身段也很重要，小生有小生的樣，舉動風流瀟灑，旦角舉動溫靜端莊，妳喜歡哪一角？」

莫愁笑了笑說：「小生和旦角我都喜歡。」

「貪心！」

「掛頭牌的，我都喜歡。」

旭東、旭陽聽了一笑。

「哥！你們笑什麼？」

「做功課，不要分心。來，我來教你身段。」冬梅站起，拉了拉上衣，站好身段。

一間禮堂大門，貼了一張紙，上面寫了「越劇新苗招收報名處」字樣，旁邊又另新貼了一張紙，上面寫著「報名截止」字樣。

冬梅、莫愁走近一看，臉色大變。

「媽！報名截止了，這可怎麼辦？」莫愁著急說。

「現在還早啊！」冬梅皺眉。

莫愁急哭了：「媽！都是妳要去醫院替妹妹拿藥，才耽誤了的。」

「不急、不急，我來問問看，呃？！」

冬梅敲門，少頃老師乙，走出來問說：「什麼事？」

「老師！對不起，我女兒想來報名，可是門口貼了『截止報名』了。」冬梅說著。

「報名到下午四點截止，現在已經四點半了。」老師乙說明。

冬梅想力爭：「老師！我們是從很遠的地方來的，要趕車、又要趕渡船，所以遲到了，老師！看能不能通融通融？！」

「就算是讓她報了名，今天也考不完，裡面已經有六十二名了。」

莫愁怪母親：「媽！妳看吧！昨天就應該來報名的。」

冬梅失落地說：「算了，算了，回去吧！」

莫愁急哭了：「不！」

「這孩子，走吧！就算讓妳報名，到天黑也沒有渡船了。」

「那怎麼辦？」莫愁擦淚。

「下次吧，下次再來報名。」冬梅拉莫愁要走。

忽然主考老師甲，跑了出來，叫著：「慢著！」

冬梅與莫愁止步轉身。

老師甲注視莫愁說：「這個小姑娘，挺可愛的，幾歲了？」

莫愁答：「十歲。」

「嗯，年齡很適合。」

兩位老師耳語後，老師甲對冬梅說：「這樣吧！妳們打老遠來，不容易，就准妳報名吧。」

莫愁一聽，破涕為笑：「謝謝。」

「可是我們還要趕回去。」冬梅還是擔心。

「妳去填個表，優先考試。」老師甲說。

冬梅與莫愁，這才放下一顆心：「謝謝！謝謝！」

禮堂內已坐了不少人，大人小孩、男女老幼都有。

主考老師甲、乙，坐在一張長桌旁，審查報名表，旁邊坐著一位琴師。

冬梅填著報名表。

莫愁東望西望，內心有點怯。

冬梅將報名表交給主考甲。

主考甲對大眾說著：「各位學生家長！對不起，因為這位蔣莫愁小姑娘，是從老遠鄉下來的，太遲了，回家有困難，所以我破格讓她先表演。蔣莫愁！妳表演什麼？」

「紅樓夢。」莫愁說。

「哪一段？」

「林黛玉葬花一小段。」

「好吧！妳開始表演吧！」主考老師甲說。

冬梅與莫愁耳語。

莫愁點了點頭，走到主考老師前，行了一鞠躬禮。

琴聲起，她瀟灑地演起來：「繞綠堤，拂柳上，穿過花徑，聽何處哀遠笛，風送聲聲，人說道，大觀園四季如春，我眼中卻是一座愁城。」

莫愁唱畢，眾人熱烈鼓掌。

冬梅也喜出望外，抱她入懷。

主考老師甲、乙耳語，打分數。

主考甲說：「蔣莫愁，妳先回去等通知吧。」

冬梅向四周等候的家長致謝：「真不好意思，謝謝！謝謝！」

＊　＊　＊

旭東與籬笆那邊的十七歲少女丁素素，隔著籬笆交談。
「你們是從哪裡搬來的？」素素問說。
「東北」旭東回答。
「東北？！是在哪裡？很遠很遠吧？」
「坐了三天三夜火車，挺累的，呃？妳爸爸是打魚的？！」
「你怎麼知道？」
「我常看妳父親曬魚網。」
「你真聰明，那天搬來，好像沒有見你們父親。」
旭東：「我爸死了，他是英雄。」
素素雙手弄著辮子一邊說：「像革命烈士英雄？！」
「情況不一樣，但差不多一樣偉大。」
「噢！」
「素素！妳幹什麼？還不回來。」一個大男人的聲音傳來。
「是妳爸爸叫妳？妳爸爸對妳好嗎？」
「平時還好，喝醉了酒，就打我。」
「為什麼？」旭東問說。
「因為我媽是生我時難產死的。」

「噢！那妳沒有媽媽。」

「我好羨慕你有媽疼著。」

莫愁走來。

旭東介紹：「這是我妹妹。」回頭又問素素：「妳叫……」

「我叫素素。」

一個老男人的喝聲又傳來：「素素！妳又欠揍了是不是？」

「我要進屋子裡去了。」素素甩著辮子入內。

旭東對初認識的素素有同情心：「她很可憐，她父親常打她。」

這時旭陽拿著一封信，叫著進來：「莫愁！莫愁！妳的信。」

莫愁接過，看信封念著：「越劇新苗招收委員會……（叫）媽！媽！通知來了，通知來了。」

冬梅應聲走出，接過信拆閱，怔住。

莫愁乾著急：「媽！我沒有錄取？」

冬梅將信交莫愁自己看，看了大樂：「我錄取了，我錄取了……」

她拉著母親打轉。

冬梅頭暈忙大叫：「快放開我！快放開我！」

莫愁經問：「媽！妳怎麼啦？」

「媽！妳把好東西留給我們吃，營養不夠啊！」旭陽也說。

「胡說，人都是吃五穀雜糧的，怎麼不夠？」

「媽常常為我們吃一頓、餓一頓。」旭東也說。

莫愁哭倒母懷：「媽！⋯⋯」

「通知上說，明天上午就要去報到，今天我們加菜，為妳餞行。」冬梅說。

蔣母笑嘻嘻走出。

眾人喊著：「奶奶！」

「我聽到了，我們莫愁真有出息！」奶奶從身上衣袋摸出一點錢，塞在冬梅手裡

「去買點肉，加點菜吧！」

「媽！我那邊有。」冬梅欲塞還。

蔣母放下臉說：「我叫妳拿著，妳就拿著。」

「莫愁！快謝謝奶奶！」冬梅說。

蔣母含淚微笑。

（十九）

一條棉被已打包好，冬梅在一個袋中塞什麼，一邊叮嚀：「這是妳第一次離開媽身邊，妳要自己照顧自己。」

「嗯。」莫愁答著。

罪，妳若受不了苦，可以回來。」

「學戲是很苦的，班子的老爺常說：「若想人前顯貴，就得幕後受

「嗯。」

「妹妹！我們要上學去了。」旭東說。

「我們不送妳了，再見！」旭陽也說。

「哥哥！妳們要來看我！」

莫依哭叫了起來：「姐！」

「妹妹！」姊妹相擁大哭。

莫愁擦了眼淚，對莫依說：「妹妹！妳知道姐為什麼去學戲嗎？」

莫依擦眼淚搖頭。

「姐對不起妳，妳的病是我害的，我要去學本事，好將來賺錢養妳。」

莫依大哭。

冬梅感動。

蔣母亦擦淚。

「孩子！可以走了，媽送妳去。」冬梅催促說。

莫愁注視父親遺照：「媽！爸爸有小照片嗎？」

「幹嗎？」

「給我一張小的好不好？！」

冬梅從包裡找出一張蔣永正小照片，交給莫愁。

莫愁小心翼翼，用紙包了包，然後放入小記事本內，放在胸前。

「就只一張了，不要弄丟了。」冬梅叮嚀。

「嗯。」

蔣母見了一切，再也忍不住，張開雙手大叫：「孩子！沒想到妳這麼懂事！」

莫愁撲上蔣母，祖孫相擁痛哭。

*　*　*

吳力站在河邊欣賞風景。

冬梅搭渡船歸來。

吳力迎上：「送孩子去學習？！」

冬梅有點意外：「你也知道？」

吳力微笑說：「雖然我們好久不見了，可是我的心，一直在妳那邊。」

「神啊！阿美說的吧！？」

吳力點點頭。

「莫愁說，她去學戲，是為了減輕家庭負擔。」

「這孩子真懂事，小四情況好一點沒有？」

冬梅搖頭。

「這種病不是三天兩天就好的，頂多控制惡化，花了不少錢了？」

「盡人事吧！」冬梅說。

吳力塞去一包錢：「一點小意思。」

冬梅拒絕：「不！學長！我不能收。」

「不要這麼固執，妳看，妳瘦多了，聽說妳每天夜裡刻鋼板，到深更半夜，這不但對妳眼睛不好，也會影響妳的身體。」

「最近我老感到眼睛澀澀的。」

「我替妳看一下。」

他們走到橋邊，冬梅靠在橋杆上。

吳力翻她眼皮，關心地說：「營養嚴重不夠，夜裡不能再刻鋼板，不為妳自己，也該為了孩子，為了我…」

冬梅低下頭。

「拿著！吃幾個雞蛋，補補身體。」

冬梅看了吳力一眼：「那，算我借的好了。」

冬梅這才收下，揣入懷中。

兩人對望一眼無語。

冬梅說：「去家裡坐坐吧！」

吳力搖頭：「蔣大媽那雙防賊的眼睛，叫人受不了。」

冬梅說：「那我走了。」

吳力抓起她的手，緊緊握了一下。

冬梅看看四周，迅速掙脫。

吳力說：「我要替莫依買付支撐的拐杖，買妥了，我就送來。」

冬梅望她一眼，他們背道而走，走一步，回頭看一眼，終於冬梅急奔而去。

＊　＊　＊

這是越劇新苗訓練班基地。

老師在教唱。

高年學生練功，幼年學生練基本功。

看來，生氣勃勃，嚴格而熱鬧。

嚴厲著稱的光頭閻老師，正在教胡山練功。

莫愁、明珠在旁練習。

胡山（男）在閻老師一臂撥動下，一個跟斗、一個跟斗翻動著。

看得莫愁目瞪口呆。

「妳知道這個光頭是誰嗎？」明珠對莫愁問說。

莫愁搖頭。

「學生私底下都說他是閻羅王老師。」

閻老師大喝一聲：「說什麼？」

莫愁嚇了一跳。

「注意看，下面就是輪到妳們了。」閻老師說。

莫愁低下頭。

胡山拼命練著，不留心，一頭栽在泥漿裡，變成泥人。

閻老師搖頭吩咐：「快去沖洗一下。」

胡山跑開。

莫愁本就心怯，現在更笨了，基本功錯誤百出，氣得閻老師跳腳。

老師拍頭打一轉，生氣問說：「是誰叫妳來的？！」

莫愁低聲說：「你們通知的。」

「妳怎麼這麼笨？！」

莫愁又低聲說：「我試唱的成績，還是高分！」

閻老師又拍了一下光頭，瞪了眼：「哦，妳是高分？！妳是高材生？妳是明星？」

他頓了頓，忍住解說：「小姑娘！妳是新來的，還沒有分科，生、旦、淨、末、丑，都要學一些，因此學唱練功，是基本課程，你懂不懂？」

莫愁望他一眼。

「好！再來！」閻老師說。

莫愁再來，仍然毫無進展。

氣得閻老師坐下，傻瞪眼。

閻老師說：「我教學教了幾十年來，從來沒見過你這麼木的學生。」他轉了一身又說：「好，好，妳不是學生，妳是老師，你是小祖宗，給我來一點表演吧，成不成？」

莫愁傻在那邊。

閻老師咆哮叫著：「還不開始？！」

莫愁嚇得要哭，勉強練功，當然越練越差。

閻老師氣極，走到莫愁身邊，抬起手掌要打下。

莫愁怕打狀。

閻老師氣極，但忍住，含著淚說：「大家都說我教出來的學生，沒有不是掛頭牌的，名師出高徒！呸！」他吐了一口口水，又說：「難道是我教學的方法不對？難道是我蹲了七年的牛棚蹲壞了？別的老師都說妳是一個很聰明伶俐的小姑娘，那是我笨，我笨！」

閻老師打著自己耳光，跌坐在一根大木頭上，雙手掩臉，難過極了。

莫愁嚇著了，待了一會，她走過去，抓老師手，撫其臉。

閻老師哭了。

莫愁也哭了。

「孩子！不是老師兇，我是恨鐵不成鋼啊！想當年，我打了多少學生，後來他們成為名角，都來感謝我，『戲』是打出來的呀！」

莫愁說：「老師！我願意挨打！」

閻老師搖頭：「不成了，現在不成了，妳理解就好，自己練習吧！」

說完，他轉身走開了。

留下無助的莫愁。

明珠走過來同情地說：「死光頭！」

＊　＊　＊

夜深了，孩子們都睡了。

冬梅一人在抄寫什麼。

犬吠聲傳來。

冬梅一怔，望了望窗外，又抄寫著。

犬聲再起。

冬梅不放心，放下筆，拿起一根木棍，開門出。

她隱隱約約彷彿看見一個黑影，驚問：「誰？你是誰？」

黑影背對她，抽泣著。

冬梅持棍走近：「妳究竟是誰？」

莫愁這才轉身叫了一聲：「媽！是我。」

冬梅意外：「莫愁？！妳深更半夜，怎麼回來了？！」

「我，我逃學回來了。」莫愁哽咽說著。

「這孩子，這孩子，快進去。」

奶奶、旭東、旭陽也被驚醒，披了衣，站在門口。

奶奶寶貝似的，擁著莫愁入內。

其他兄妹披了衣，七嘴八舌問著。

旭東：「妳怎麼回來了？」

旭陽：「那邊很苦吧？」

莫依：「姐！不要去了，我好想妳。」

冬梅望了望蔣母：「媽！沒有事，妳去睡吧！」

蔣母疼愛的摸了摸莫愁頭：「學什麼戲？回來算了。」丟下一句話回房。

「你們明天還要上學，去睡吧！」

孩子們躺上床，但一個個眼睛還看著莫愁。

冬梅也對莫愁說：「妳也睡吧！明天再說，噯！」

莫愁睡在莫依旁。

冬梅揉揉眼，攤開初中書本，複寫著。

莫愁爬起，又坐在母親身邊。

「妳怎麼不睡了？這孩子。」

「我睡不著，媽！妳不罵我？！」

「我發覺妳長大了，懂事了，該有自己的主見，是不是？」

「我也不知道，真的，當初，以為唱戲蠻好玩的，去了才知道不是這麼回事。」莫愁實告。

冬梅這才看了莫愁一眼：「老師罵妳了？！」

莫愁搖頭。

「老師打妳了？！」

莫愁又搖頭：「他打自己。」

冬梅一怔。

「他說年頭不同了，不興打罵，只好生氣打自己。」

冬梅嘆了一口氣說：「明天再說吧，我要趕工。」

莫愁看了複寫：「媽！妳不刻鋼板了？」

「妳兩個哥哥都快上初中了，我們又沒有錢買書本，借了人家的課本書，我想自己複寫兩份。」

莫愁聽了感動：「國文、英文、歷史、地理、理化，那要複寫多少本啊！」

「慢慢來吧，只要有心，鐵桿磨成針。」

莫愁愣了一會，自己溜上床鋪，眠眼想著什麼。

掛鐘十二點了，冬梅還在複寫，太累了，打盹，她拿起旁邊一個紅辣椒，咬了一口，又繼續複寫著。

莫愁又起來替母披衣。

冬梅咳嗽了，莫愁替他輕輕拍背，叫著：「媽！媽！」

莫愁扶在母親背上哭了。

（二十）

東方發白，旭日東昇。

公雞不斷啼聲。

莫愁提了書包，溜了出來，望了望房子走了。

冬梅追出，見女兒擦淚背影，想叫又搗嘴呆在那邊。

越劇新苗訓練班，是有紀律的，公布欄貼了一張佈告，上面寫著：「查幼年班學生蔣莫愁，昨天私自離校，今早歸來，姑念初犯，特許留校察看，以後倘有類似情事，決予開除退學，追繳生活費用，絕不寬容！特此公告週知。」

冬梅看了佈告，略覺寬心，她在練習場找尋女兒。

有練功者、有練唱者。

最後看了女兒在一處練唱，唱得有板有眼，才放下一顆不安的心，離去。

＊　＊　＊

蔣母在替莫依按摩雙腿。

「莫依！我問妳，妳們平常怕奶奶是不？」

莫依天真的答：「嗯，奶奶好兇啊！」

「其實奶奶心地是不錯的，只是臭脾氣改不過來。」

這時吳力端了小拐杖進來，一看冬梅不在，只有蔣母在，連忙招呼：「蔣大媽！」

莫依叫了一聲：「吳伯伯。」

「呃！是你？！」

吳力四望：「江冬梅學妹不在，我替莫依送拐杖來了。」轉頭對莫依說：「要不要試試？」

莫依下床，用拐杖走了兩步。高興地說：「以後我可以上學了。」

蔣母拿過拐杖，往旁邊一摜，生氣地說：「你說我孫女要用這個東西支撐去上學？」

「我看有這個可能！」吳力老實答。

「你是在咒我孫女好不了啦？」

「大媽！大媽！我怎麼會咒她？疼她都來不及，得了這種病是最不容易復原的。」

蔣母下逐客令：「你的話總是刺耳，冬梅不在家，沒有人招呼你！走吧！」

「好，好，我走，我走。」吳力說著還是站住不動。

「你到底走不走？」蔣母去拿拐杖示威，不料左足一拐，傷了足踝，痛的咬牙切齒，叫了起來：「哎喲！痛死我了。」

蔣母跌坐在地。

「奶奶！你怎麼啦？」

這時冬梅進來，見狀連忙去扶蔣母：「媽！妳怎麼啦？」

「大媽可能扭傷了足踝。」吳力說明。

冬梅去扶蔣母，蔣母一直叫痛。吳力一同把蔣母扶到統舖床上。

「我來看看。」吳力說。

吳力捏她足踝。

蔣母痛得大叫：「哎喲！你要死了。」

「大媽！我是替妳看看傷在哪裡？」

「不要你碰，你哪是看病，你是報復。」

冬梅這才看吳力。

「我替小四送拐杖來。」

「謝謝！」冬梅答謝。

可蔣母沒好氣地：「叫他走，我一見他就犯沖！」

吳力與冬梅怔住。

吳力順便去看看王大有夫婦。

阿美大笑不止：「吳所長，怎麼會有這種事？」

「我也沒有想到。」吳力說。

王大有是山東人，一口山東腔說：「這樣一來，你跟冬梅的事，是雪上加霜了。」

「這可應了一句話『好事多磨！』」阿美說。

「蔣大媽說得沒錯，我跟她是前世結怨，今世犯沖。」

吳力坐在那邊看公文。

崔英進來，一臉怒容。

崔英盯著他說：「你又去看那個女人了?!」

吳力充耳不聞。

崔英用東西輕敲桌。

崔英：「我跟你說話，你聽到沒有?」

吳力未抬頭：「妳管得著嗎?」

崔英說：「我是為你好，你想想，一個寡女帶四個紅口白牙，光是餵他們肚子飽，就得花很多錢，其他還有穿的用的、學習費等等，那要多大的花費?」

「我高興，我願意，噯！」

「我看你是錢發燒，骨頭發燒。」

吳力一聽大怒，站了起來拍桌：「崔英！妳不要太過份了。」

「好心得不到好報，真是狗咬呂洞賓，不識好人心，哼！」

崔英氣出。

吳力點煙吸著，深深嘆一口氣：「唉！」

（二十一）

蔣母斜躺坐在床上，腳踝包了紗布，頭上放了濕毛巾，一臉病容。

「人啊！倒霉，喝水也會塞牙，無緣無故，傷了腳踝，不小心又得了感冒，我是怎麼啦？」蔣母發著牢騷。

冬梅端了一碗湯進來：「媽！喝碗魚湯補補身子。」

「留給孩子們吃。」

「孩子們有。」

蔣母才喝著，一邊說：「啊！真香。」她舔著嘴邊。

冬梅拿去濕毛巾，用手試探著蔣母體溫：「好像燒退了點。」

蔣母咳起來。

冬梅連忙替她敲背。

蔣母突然叫了起來：「不要敲了，不要敲了！」

冬梅怔住。

蔣母哽咽地說：「你待我越好，我內心越難過。」

冬梅不解。

「冬梅啦！這幾天，我想了很多，以前我是虧待妳了。」

冬梅意外，叫了聲：「媽！」

「這次病痛，才使我認識妳，才使我們婆媳多接觸。」

「以前媳婦無緣盡孝道。」

蔣母哽咽擦淚：「病得好啊！冬梅！有一件事，我瞞住妳了多少年？」

冬梅不解。

「妳去把我帶來的木箱，那件破棉襖拿出來。」

冬梅猶豫。

「去啊！那件我捨不得的破棉襖。」

冬梅找出破棉襖，交給婆婆。

「拿剪刀來！」

冬梅遞過剪刀。

蔣母在口袋剪開線，取出一封發了黃的信。

「妳看看，妳看看這是什麼？」蔣母將信交給冬梅。

冬梅看看信封，手就發抖驚喜叫著：「什麼？是爸爸給我的信，是爸爸從台灣寄來的信。」

「多少年了，我一直密藏著不敢透露。」

冬梅流著淚，撕開信看著，又看婆婆，看信又看婆婆，激動極點，終於信一丟，撲向蔣母，撕心瀝血叫著：「媽！」蔣母也哭了。「冬梅！我是一個壞老太婆，我是一個惡婆婆。」

冬梅哭叫：「不！媽！請不要說了，媳婦謝謝妳！」

然後冬梅將信置胸前，望著窗外，淚水潺潺流下。

孩子們均背了書包，準備上學。

莫依很興奮。

冬梅交代著：「莫依！今天妳是第一天上學，對老師要尊敬，對同學要友愛。」

「知道了。」莫依答。

「妳行動不便，千萬不能跟同學遊玩奔跑。」

「跟同學說說話可以嗎？」

「當然可以。」

「同學玩球，我在旁邊鼓掌加油。」

冬梅點點頭，撫其髮，替她扎辮子。

「我送妳去，今天我可能當班，遲一點回來，請奶奶去接妳。」

冬梅然後又轉頭對婆婆說：「媽！下午放學，麻煩妳去接莫依。」

蔣母點點頭。

「媽！妳的腳才好，走一會歇一會吧！」

「沒有問題，昨天我特別走去試了一次。」蔣母答。

旭東不耐煩，對莫依說：「妹妹！走吧！」

冬梅又叮嚀兒子：「你們在學校，要多照顧妹妹。」

旭東、旭陽齊聲說：「知道了。」

冬梅一一替他們準備飯盒，然後拿起拐杖，背起莫依。

「奶奶！妳要來接我。」莫依對奶奶說。

「知道，知道，小老太婆！」奶奶假擰其臉。

「奶奶！再見！」莫依揚揚手。

冬梅背孩子出去。

* * *

蔣母腳踝已逾，喜歡外出慢走，她走到河邊，東看看、西看看，甚為悠閒，她看著渡船，下了決定，登船駛行而去。

她來到女婿家，女兒永娟當然很高興，連忙拿出小點心招待。

「媽！多吃一點。」永娟說：「妳腳受傷，怎麼不告訴我們一聲，現在好了？！」

「變天的時候，還是有點酸痛。」

「那要小心一點，待會要世廷去買瓶擦用藥膏，多擦擦就好了。」

「嗯。」蔣母看四週：「家裡沒有請人？」

「來了一天，早上來，晚上就走了。」

「為什麼？」

「做不慣，妳不知道現在保姆不好找，你說她幾句，她掉頭就走了。」

「永娟！不是媽說妳，以後脾氣要改一改，人家出來做保姆，也是為了生活，妳把她當家人看待，，自然就留住了。」

永娟訝異說：「咦！媽！妳變了，妳的口氣完全變了。」

世廷說著進來：「妳知道為什麼？那是因為近墨者黑，近朱者赤。」

永娟一聽變臉：「死鬼，妳又在不帶髒字罵我了。」

「媽！孩子們都好吧？」世廷問說。

「我搬過去，我才知道，冬梅帶四個小孩子，確實不容易。」

世廷與永娟互望一眼。

蔣母又說：「莫愁在劇校吃了苦，回來一次，現在大概有進步了，莫依今天上學。」她說到這裡，突然大叫了起來：「哎喲！糟了！」

永娟驚異忙問：「媽！怎麼啦？」

「冬梅要我去接她的，我怎麼忘了？」

「冬梅自己為什麼不去接？」永娟說。

「她說今天可能會加班。」

永娟一臉不滿狀：「虧她想得出來，妳腿剛好，能背一個孩子嗎？真沒有良心？！」

世廷看錶：「已經三點了，等妳趕回去，恐怕來不及了。」

蔣母有點急：「那怎麼辦？那怎麼辦？我還是回去吧！」

蔣母急的站起。

永娟又問了一句：「吳力還常去嗎？」

「有我在，他敢！我去了。」蔣母撇撇嘴走出。

低年級學生陸續放學。

莫依揹書包，扶拐杖，一拐一拐走出。

她看無人來接，內心焦急。

她站了一會，只好自己一拐一拐走著。

不意童男甲在她背後，學樣也一拐一拐走著，引來學童圍觀，大嘩。

莫依站定後望，氣得噘嘴。

童男還一邊學樣，一邊叫著：「拐一拐，拐一拐，拐到湖邊摸蛤蛤，蛤蛤沒摸著，摸了一只破布鞋。」

莫依用枴杖打他，他拉了拐杖一拉一推，把莫依摔倒在地上。

莫依哭了。

這時旭東、旭陽放學出來，見狀扶起妹妹。

旭東：「妹妹！妳怎麼啦！」

旭陽舉目四望：「是誰欺侮妳了？」

莫依手指童男甲：「他取笑我。」

旭陽把書包一扔，就衝過去，與童甲在地上打滾。

適時冬梅騎自行車趕來，把他們拉起，手點點旭陽額頭說：「怎麼跟人家打架了？！」

旭陽生氣狀：「他欺侮妹妹。」

莫依哭起來：「媽！嗯，嗯。」

冬梅拍莫依屁股上灰塵。

孩童一哄而散。

冬梅心疼地為莫依擦淚：「奶奶沒來接妳？」

莫依搖頭。

莫依告狀：「媽！那個人好壞！他唱歌取笑我。」

「媽！我和哥哥掃教室出來，才看到妹妹坐在地上哭。」旭陽說明。

冬梅心疼不已，含淚望天。

「你們把書包放在車上，我來背妹妹。」

於是旭東、旭陽、莫依把書包放在車上，旭東推車，冬梅背了莫依，在夕陽下，四人同行。

冬梅忙著切菜。

旭東、旭陽生氣怪著奶奶。

莫依緊依奶奶坐在那邊。

「奶奶為什麼不去接妹妹？」旭東說著。

「大人答應的事，就得做到。」旭陽也說。

「那麼多人取笑我妹妹，我看了好生氣。」旭東說。

「倘是妹妹受傷了，怎麼辦？」旭陽望了奶奶一眼說。

蔣母歉意狀。冬梅看了她一眼說：「好了，不要說了，奶奶心裡已經不好受了。」

蔣母擦淚：「最近我老是忘東忘西，早上我還記得，下午要去接莫依，到了下午，什麼也忘了，孩子，是奶奶的錯，奶奶使妳受辱了。」

蔣母緊抱莫依。

旭陽說：「媽！我認識那個男孩，是我們學校最調皮的小孩，明天我要找她算帳！」

「胡說！不可以再惹事。」冬梅立阻。

旭東也說：「媽！那至少妳要去找他父母。」

「我會處理，飯還沒有好，你們先做功課。」

莫依擦著眼淚說：「明天我不去上學了，沒人願意跟我坐在一起，人都看我一拐一拐取笑我。」莫依輕聲哭著。

「孩子，我知道妳受了委屈了，但是不去上學怎麼成呢？讀書是求知識，不讀書不認字，做一輩子文盲，那多可憐，以前吳伯伯不是告訴妳，美國海倫凱勒的故事，她又聾又啞雙眼又瞎，可以說是一身殘廢，可是後來憑了她的毅力，成為美國偉大的教育家、演講家，所以不能遇到一點挫折，就退縮啊！」冬梅費盡口舌，說了一頓。

「噢！那我明天還是去上學，他們取笑我，我就告訴老師。」

冬梅嘉許地點點頭。

眾男女學童上學。

冬梅用腳踏車載莫依、拐杖，到達校門口下車。

「等會妳認出是哪個同學，妳告訴我。」

莫依支撐拐杖觀望。

童男甲來。

莫依手一指：「是他！」

冬梅攔住童甲，把他拉到莫依身邊說：「昨天放學，你取笑了她，是不是？」

童甲望了冬梅一眼，畏怯。

冬梅接著說：「她叫蔣莫依，我是她媽媽，昨天晚上她回家哭了，你不看她可憐嗎？人都有同情心，倘是你妹妹，得了這種病，有人取笑她、欺侮她，你們會作何感想？真是不懂事，我看你是個聰明的孩子，男子漢大丈夫，應該有同情心，幫助老弱殘障，我的話對嗎？」

童甲點點頭。

「你有沒有妹妹？！」冬梅又問了一句。

童甲搖頭。

「她比你小，你就應該當她是妹妹，照顧她，愛護她，別的孩子取笑她，你也應該出來維護她才對，好了，我不多說了，走吧！」

眾童見了童甲，群唱歌，取笑莫依。

眾童唱著：「拐一拐，拐一拐，拐到湖邊摸蛤蛤，蛤蛤沒摸到，摸到一只破布鞋。」

童甲立即大叫：「不要唱了，以後誰敢取笑蔣莫依，我對他不客氣。」

眾童禁聲。

童甲扶莫依說：「走！」

莫依望了望母親，與童甲走入校門。

遠處旭東、旭陽亦在旁觀。

冬梅安慰，騎車離去。

蔣母在院子剝豆子。

冬梅騎車歸來。

忽窗口黑煙冒出。

冬梅驚，蔣母叫了起來：「遭了，我燒玉米忘了關火了。」

煤爐上，鉛鍋冒煙，冬梅連忙關了火，一屋煙霧。

冬梅用責備的眼神望著婆婆：「媽！妳看。」

「對不起！是我忘了。」蔣母說。

「好在是中午，若是在夜裡，房就燒起來，怎麼得了？」

蔣母拿起玉米一看，已燒焦了。

「媽！什麼時候，我陪妳去看看醫生吧！」

蔣母怔在那邊。

衛生所診斷室，徐所長為蔣母聽診、檢查，然後正色說：「照妳說的情形，以及剛才檢查結果，蔣大媽恐怕得了老人病了。」

「所長是說老人痴呆症？」冬梅問。

徐寬點了點頭說：「不過看起來，目前還算輕微的，嚴重的時候，連家門也不認得。」

冬梅一怔：「呃？！」

「所以我建議，以後少出門為宜。」

蔣母吃了一驚，連忙說：「呃！叫我不出門，那不是把我悶死了，不好！不好！我沒有呆到連東南西北也分不清楚。」

「大媽！我是說妳目前還好，萬一到了嚴重的時候。」

「不會！絕對不會，我不會糊塗到這個地步。」

蔣母轉身走出。

冬梅這才問說：「所長！請教應該注意些什麼？」

「小心火燭，不要讓他碰炊事，少出門，總之，當她是三歲小孩看待。」

冬梅深深吸了一口氣，忍住淚。

「江同志！看來妳的運氣實在不大好！」

「謝謝所長！」冬梅挺了挺胸走出。

蔣家小方桌，旭東、旭陽作功課。

蔣母和冬梅剝著菜葉。

莫依替奶奶敲背。

突然隔鄰女孩哭聲傳來。

「哭！妳還哭，一天到晚只知道哭！」一個大男人的聲音。

「爸爸！妳不要打我了，啊⋯」一聽就知道隔鄰素素的聲音。

冬梅這邊的人，全部站到籬笆觀望。

素素哭奔到院子，老丁持棍追趕。

「我要打死妳，打死妳這個臭丫頭！」老丁怒說：「不讓我喝⋯喝酒，老子還用妳來管⋯管。」老丁已半醉，口齒不清說著。

素素一邊躲，一邊擦淚：「不是我管你，酒喝多了，對身體沒好處。」

「那是我的事，妳⋯妳知道我為什麼喝酒？我是想妳媽媽啊！都是生妳這個臭丫頭，妳媽才丟命的，我打死妳算了！我打死妳算了！」

老丁一根棍子要打下去，被一雙手接住，原來是冬梅：「老丁！素素是妳親骨肉，妳這麼打她，你捨得嗎？」

老丁推開冬梅：「滾⋯滾開，老子家裡的事，要你來管？！」

素素躲在冬梅身後。

老丁指女兒：「妳出來，妳不出來，連她也一起打！」

冬梅說：「老丁！你是酒喝糊塗了，我是好心來勸你，你怎麼不分青紅皂白一起打？」

老丁雖然站不穩，但還是強嘴：「老子管不了那麼多了。」

冬梅一聽，也惹火了：「哼！我也告訴你，怕事不惹事，惹事不怕事！」

冬梅脫去鞋，擺出架式：「你來吧！」

老丁一怔，隨即舉棍要打去。

冬梅抓住棍，一拉一推，老丁跌坐在地上。

冬梅拍拍手，瀟灑狀：「你來啊！怎麼裝孫子了？！」

老丁搖搖擺擺站起：「來就來，誰怕誰？」終於不支倒地。

素素撲過去，抱住父親：「爸爸！」哭叫。

「她是喝醉了，不要緊的，去提桶水來。」

旭東提來一桶水。

冬梅接過水往老丁頭上倒去。

老丁酒醒搖搖頭：「素素！是不是下大雨了！」

眾人蒙口啞笑。

冬梅回到家，孩子們個個佩服。

旭東：「媽！你好棒啊！」

旭陽：「媽！妳學過功夫？！」

莫依：「媽！妳好勇敢。」

蔣母說出心裡話：「說真的，我也替妳捏把冷汗。」

冬梅聽了後微笑說：「我哪裡學過功夫，是唬唬他而已。」

「媽！早就該管一管了，丁伯伯一喝酒就醉，醉了就打素素，素素好可憐。」

旭陽說：「哥哥心疼死了。」

旭東欲打旭陽，旭陽躲。

莫依人小鬼大，也取笑哥哥：「哈哈，我知道了，男生愛女生，羞羞羞。」

旭東面紅耳赤，舉手欲打妹妹，莫依躲在母親身後。

「好了好了，不要鬧了，你們作功課，我要刻鋼板了。」

孩子們看書。

這時王大有進來，他先打招呼：「江同志！大媽！大家好！」

冬梅立迎：「哦！是王幹事來了。」

孩子們叫著：「叔叔。」

王大有一邊摸他們頭，一邊說：「乖乖，你們看王叔叔給你們帶什麼來了？！」

大有打開紙包，有六個熱饅頭。

孩子們叫了起來：「熱饅頭！」

「對，俺熱饅頭，送來熱饅頭！」王大有笑著說。

蔣母聽不懂訝異。

冬梅微笑解釋：「媽！也許你聽不懂，王幹事對人民服務非常熱心，而他又是山東人，所以大家叫他山東熱饅頭！」

蔣母也微笑說：「噢！熱饅頭！請坐！請坐！」

孩子們吃著饅頭。

「江同志！俺今天來，是送來上個月刻鋼板的工錢。」王大有說明來意。

「不急，不急。」冬梅說。

「俺們公所的同事們都說妳的字體工整，比起打字行，打出來的公文，差不到哪裡去。」

「謝謝！謝謝！」冬梅內心很高興。

「這裡是二十塊錢，請數一下。」

「不用，錯不了。」冬梅收下錢。

大有又帶來一大疊公文：「這是最近新頒的法令，恐怕妳要加點班。」

冬梅接過看著：「沒問題，阿美好嗎？」

「江同志！俺阿美快要生了，到時候一定得麻煩妳了。」

「行！行！」

「俺還要去橋頭辦點事，俺走了，再見！」王大有辭出。

素素一個人坐在院子輕泣。

旭東出來，見狀注視，問說：「丁素素，妳怎麼啦？」

「我爸爸不給我吃飯！」

旭東問：「為什麼？」
「我爸爸說，我幫別人欺負他。」
「妳父親真不講理。」旭東回說。

（二十二）

最近蔣母老人病，越來越厲害，老是忘東忘西，剛才她說要出去走走，過了一個多小時還沒有回來，冬梅有點擔心，叫孩子們出去找找看。
旭東四處找著、叫著：「奶奶！奶奶！快回來吃飯，奶奶！奶奶！」
他回頭又對內大叫著：「媽！奶奶不在附近。」
冬梅聞聲，連忙與旭陽走出：「旭東！旭陽！我們分別去找找，快！快！」
冬梅騎自行車到處找，不見人影。
蔣母發呆坐在一大堆稻草堆旁。
冬梅騎車經過，覺得有一個人坐在那邊，又回頭，果然是蔣母。
冬梅驚喜連忙走近，叫了一聲：「媽！」
蔣母見了冬梅，有點懊喪，也有點激動。
冬梅拉她站起問說：「媽！妳怎麼不回家？坐在這裡幹什麼？」
「我，我不認識路了！」蔣母懊喪地說。
「什麼？」冬梅吃驚。

「冬梅！我的病越來越嚴重了。」
「媽！妳別想得太多，大概是一時忘了吧！」
這時旭東、旭陽也找來了，熱烈叫著：「奶奶！」令蔣母擦淚不已。
好挑撥是非的崔英，難得來看永娟，告訴永娟，她媽媽得了老人癡呆症。
永娟嚇了一跳：「什麼？！我媽真的得了老人癡呆症？！」
「我們兩個衛生所，經常聯繫，消息千真萬確。」
永娟一聽，氣得大叫：「好哇！世廷！妳還誇江冬梅是個孝順媳婦，你聽聽，才去幾天，不是這裡病，就是那裏病，她準是沒有把媽媽照顧好。」
「人吃五穀雜糧，哪有不生病的。」世廷說。
「媽在我們家多少年，頂多傷風感冒，她一去那邊，老人癡呆病也發生了，一定是江冬梅把營養的東西，餵給孩子，虐待我媽！」永娟一肚子說江冬梅不是。
世廷看了妻子一眼說：「沒有證據的事，不能亂說，何況江冬梅也不是那種女人。」
崔英插嘴說：「羅經理！畫虎畫皮難畫骨，知人知面不知心啊！⋯⋯」
世廷臉色一變：「崔同志！我警告妳，妳少在這裡煽風點火！」
「唷，唷，這是哪兒話，我是好心來告訴這個消息，別誤會了。」
「崔英，我請問妳，得老人癡呆症，對營養有沒有關係？！」

「這個嘛，得請教內科大夫，不過一般的常識來判斷，是有那麼一點關係的，營養不好，導致血液不靈活，血液不靈活導致腦細胞發生問題，這大概是所謂惡性循環吧！」

世庭反駁：「妳這個話，似是而非，難道吃大魚大肉的人，就不會發生這種病了？說不定，得這種病的人更多。」

永娟大叫起來：「不管怎麼樣，我媽生病，是事實，我要把老人家接來住。」

「妳這份孝心，我不反對，可是妳有這個耐心嗎？」世廷說。

永娟擦著淚說：「我媽生我養我，這許多年我們相依為命，我不能不管她。」

「人家也不是不管她啊，其實這種病怎麼發生，到目前科學如此發達，還沒有研究出來，妳憑什麼定人家的罪，嗳？」

永娟氣得翹嘴：「你就是幫她說話，你就是一個勁偏向她，我要去看看媽，我要去找冬梅算帳。」

「妳理智點吧！」世廷還是勸著。

「崔英！妳今天下午，有沒有空？」永娟問崔英。

「有，有。」

「妳陪我一道去，好不好？」

「能侍候經理夫人，那是我的榮幸！」好事的崔英一口答應。

世廷氣得跌坐下去。

蔣母持手杖正要走出來。

冬梅後跟出，手拿了一個紅布條：「媽！妳以後出去，上衣別上這張條子，就不會走失了。」

冬梅替她別在胸前，上面寫著：「蔣大媽住在汾口鎮下門街∞號」

蔣母低頭看自己：「嘿嘿，這夠難看。」

「不，有點像開會的主席，帥氣呢！」冬梅說。

蔣母真的持手杖，神氣活現步行。

惹得冬梅捣嘴啞笑。

正這時永娟崔英走來。

冬梅連忙迎上招呼：「永娟！崔英同志！妳們來了?!」

永娟一把推開冬梅，向蔣母撲去，哽咽地說：「媽！聽說妳病了。」

「哭什麼？我又沒有死。」蔣母回說。

永娟看見母親胸前紅條子，一把扯下來：「這是什麼玩意?難看死了。」

冬梅臉色立變。

崔英幸災樂禍。

「大嫂！妳是把我媽當猴子耍是不是?!」

冬梅忍著說：「永娟！妳誤會了，昨天下午媽媽不記得回家的路，別上這個條子，萬一走失，好心人也可以護送回家。」

「妳設想倒是很周到，妳為什麼不去敲鑼打鼓，說我媽得了這種怪病，妳的心腸真惡毒啊！」

「妳，妳怎麼這麼說話？」

「妳還要我怎麼說話？說我媽得了這種病是妳照顧的好？我這個做女兒的應該感謝妳的大恩大德，是不是？」

永娟一步步逼近冬梅。

正此時一個大男人的嚇阻聲傳來：「夠了！」原來世廷也來了。

永娟一怔。

冬梅忍住招呼：「姑父！」

「對不起，她失態了。」世廷說。

冬梅含淚低頭：「是我沒有照顧好，我對不起永正。」

「是不是？！是不是？！她自己都這麼說。」然後永娟對蔣母說：「媽！我接妳回去住，接妳去過舒服服日子，病就好了。」

冬梅欲阻又止。

「把我媽換洗的衣褲打理一下，我們馬上就走。」

冬梅考慮俄頃，入內。

丁素素一直在籬笆那邊看著。

這時崔英認出來：「咦！妳不是素素嗎？」

丁素素也意外點頭，叫了一聲：「大表姑！」

「妳們住在這裡？這太巧了，妳爸爸在嗎？」

「她酒喝醉了，正在睡覺。」

「我過去看看。」崔英走出，進入丁家院子。

世廷全家正在吃飯。

蔣母吃了最後一口，站起。

「媽不吃了？」永娟關心。

蔣母拍拍肚皮：「吃飽了。」

保姆將蔣母碗筷收去。

永娟在教訓兒子：「最近妳的功課退步了，怎麼回事？」

小軍望了四週，仍吃飯。

「小軍！我在問你。」

「哦，我以為是問妹妹呢？」小軍回說。

小娟笑笑。

「怎麼一回事？」永娟逼問。

「還好啦！」

「還好？最近月考，一門最高七十分，兩門五十九分，這算還好嗎？」

「准是老師分數打錯了。」小軍一推二六五，仍然笑著吃飯。

世廷也教訓兒子：「嘻皮笑臉，說話要正經一點。」

蔣母仍回座，看看人家吃飯，自己面前空著，有點不快：「永娟！你們吃飯，為什麼不叫我？」

永娟一怔：「媽！妳不是剛剛才吃過？」

蔣母有病，談話聲音始終平和，類似嘀咕：「我吃過了？！沒有啊。」

小軍、小娟用筷子指點外婆。

小軍：「外婆！妳好好玩。」

小娟：「妳是故意逗我們開心是不是？」

蔣母自問：「我是吃過了嗎？為什麼我面前沒有碗筷？」

「媽！剛才妳吃完站起來，我還問妳，妳說吃飽了。」永娟說。

「沒有的事，我得老人病，沒有到這個地步。」

小軍、小娟大笑，飯噴在桌上。

世廷怒目看孩子，並向妻子暗示：「好，沒有吃飽，再吃一點吧。」

保姆端上碗筷。

「飯吃不吃無所謂，但是妳們咬定我吃過，我是不服氣的。」

永娟擔心了：「媽！妳真是老糊塗了。」

蔣母聽了女兒的話，有點生氣，但口氣仍是平和：「人都要經過生、老、病、死，妳也逃不了這一關。」

永娟氣得放下碗筷不吃。

世廷向妻子暗示，又對岳母說：「媽！妳吃！妳吃！」

「妳說要我過來，過舒服日子，連飯也不讓我吃，口是心非！」

永娟把筷子一摜，站起。

這時保姆端來面盆，內有內褲等物，與永娟耳語，並做臭狀。

永娟意外：「什麼？！」

（二十二）

世廷斜靠在床上吸菸。

永娟在剪手指甲。

「世廷！我決定把媽送回去。」

世廷故意地：「妳說什麼？」

「我說我決定把媽送回去。」永娟說。

「為什麼？」

「你沒有聽到保姆跟我說，媽連大小便都解在褲子了。」

世廷有點意外：「哦？！可是請神容易送神難。」

「怎麼說？」

「當初，妳說要接她老人家來住，我是不贊成的，因為妳是孝心有餘，耐心不足，妳不聽，氣呼呼向江冬梅興師問罪，現在才兩天，妳有臉送她回去？！」

「這是什麼話？兒子媳婦奉養父母是理所當然的，嫁出去的女兒，潑出去的水，頂多接來做幾天客，回去也沒有什麼不對啊！」

「要接來是妳，要送回去，也是妳，妳看著辦吧！」

「世廷！看媽的病，越來越嚴重，我好怕。」

「怕什麼？怕她病倒在我們家裡？妳真是孝順的女兒啊！」

「好嘛，好嘛！讓她再住幾天，就送她回去吧。」

蔣母持手杖，準備出去走走。

崔英進來：「大媽！妳要出去啊？」

蔣母答：「在附近走走。」

「我陪妳散一會步好不好？！」

「好，好。」蔣母滿口答應。

崔英扶了蔣母，邊走邊談。

「大媽！妳在那邊，看見吳力去看江冬梅嗎？」原來惹事生非的崔英，她是有目的。

蔣母有點耳背：「妳說什麼？」

「我問妳，有沒有看見吳力去過？」

「吳力？！吳力是誰？」

「就是那個像蒼蠅一樣，盯著妳媳婦的吳所長啊！」

蔣母這下聽懂了：「有。」

崔英一怔又問：「妳看見過多少次？」

蔣母神智有點不清：「冬梅不是在衛生所上班，他們常常見面。」

「我是問妳在汾口鄉……」

「妳是說汾口鄉，那邊風景比這邊更好。」

崔英氣結：「他們見面，妳不生氣？」

蔣母搖頭。

「那妳喜歡吳力了？」

蔣母先搖頭又點頭。

崔英：「那倘是江冬梅嫁給吳力呢？妳同意嗎？」

蔣母看了崔英一眼：「那妳，妳呢？」

「關我什麼事？」

「對，關我什麼事？」蔣母也說。

「妳，妳這不是答非所問嗎？」

「我告訴妳……」蔣母神秘的說。

「告訴我什麼？」崔英耳朵伸過去。

蔣母在她耳旁說：「全是廢話，嘻嘻。」

崔英一怔。

＊　　＊　　＊

吳力提了禮物走進。

隔壁院子崔英正在監視，看見吳力，怒容滿面。

吳力已進入屋內。

崔英在隔壁院子籬笆處，側耳傾聽。

旭東、旭陽提了兩條小魚，一根魚竿進。

崔英向他們招手：「小弟！好久不見了！」

旭東問說：「妳是誰？」

「我是妳媽媽以前的同事。」

旭陽問說：「有什麼事嗎？」

「妳們家有客人來了，是你媽最盼望的客人…吳力，吳所長！」

旭東、旭陽怔住，不知她什麼意思。

這時老丁來了。

崔英對老丁說：「外面都在傳說，他媽如何？如何？唉！寡婦門前是非多啊！」

兩個孩子已氣極了，瞪了雙眼望崔英。

老丁說：「不要管別人的事了，我們喝酒去！」

崔英陰笑了一下，和老丁入內了。

吳力正在為莫依做腿部檢查。

冬梅站一邊注視著。

旭東、旭陽進來，一摔魚竿，一摔兩條魚。

冬梅看在眼裡，他目前最關心的是小四的病，問說：「情況怎麼樣？」

「好像已被控制住了，不會惡化，但復健工作，還得加強。」

「噢。」這才對孩子說：「旭東、旭陽，吳伯伯來了，還不招呼？！」

兩個孩子偏過頭，不理。

「這孩子，今天怎麼啦？」

旭陽頂了嘴：「問你自己。」

冬梅一怔：「問我自己？我又怎麼啦？」

旭東一臉不快：「外面都在說媽……。」

冬梅又一怔。

吳力說話了：「你媽是天下最偉大的女人，你們應該感到驕傲啊！」

「跟你有關係。」旭陽說。

吳力也一怔：「我看又有人在造謠生事了。」

旭東說：「媽以前衛生所同事，現在在隔壁丁家。」

「是崔英！」吳力叫著。

「呃！你怎麼知道？」冬梅問說。

「昨天她跟我吵，聽她口氣，丁家是她表親。」

「她還不放過我?太可怕了，太可怕了!」

冬梅跌坐在床沿上。

吳力生氣的說：「我去找她算帳!」

吳力欲出，被冬梅叫住：「算了，這個人是個潑婦，她是唯恐天下不亂。」

「那?!」吳力站住。

冬梅望了吳力一眼說：「學長，人言可畏，你走吧!」

吳力考慮俄頃：「好，我走，不要責備孩子，他們還小，哪裡懂得那麼多。」

「謝謝吳伯伯，吳伯伯再見。」莫依乖巧說著。

崔英見吳力走出，躲在一邊，崔英陰謀得逞，臉上露出一絲笑容。

冬梅生著悶氣，刻鋼板。

旭東、旭陽偷看母親。

旭陽：「媽!今天我們釣了兩條魚。」

冬梅不理。

旭陽哭了：「媽!不要不理我們。」

「都是你們惹媽生氣。」莫依指責兩個哥哥。

旭東也哭了：「媽!妳不要我們了。」

「媽!」旭陽哭喊著。

冬梅終於停下筆，注視孩子一會，然後平和地說：「沒事，我是覺得，別人怎麼想，我管不著，你們孩子應該清楚明白，我還打算替吳所長和崔英撮合，媽怎麼會有那個心意，嗯？！」

冬梅說完，又低頭繼續寫著鋼板。

夜深人靜，孩子們都睡了，冬梅仍在刻鋼板，掛鐘凌晨二時。

冬梅似乎打盹，連忙咬一口放在手邊的紅辣椒提神。

掛鐘指凌晨五時，雞鳴，東方發白。冬梅靠在桌上睡熟了。

旭東、旭陽起來，見狀，輕推母親。

旭東叫著：「媽！媽！」

冬梅醒來，揉眼。

旭陽關心地問：「媽！妳沒有睡？！」

冬梅：「我瞌了一下。」

旭東心疼地說：「為什麼不睡覺呢？」

冬梅說：「這個東西，公所馬上要的，我要限時趕出來。」

旭陽眼又濕了：「媽！妳太辛苦了！」

冬梅看看他倆，安慰：「沒事，沒事，莫依！妳好起來了。」

孩子們刷牙、洗臉，冬梅燒灶煮飯。

這天上班，冬梅不時哈欠。

李莉看在眼裡：「怎麼？作天夜裡沒睡好？」

「趕點東西。」

「一個寡母，帶四個孤兒，加一個婆婆，不容易啊！」

「日子總會過去的！」

「昨天那個女人又來了。」

「妳是說崔英？！」

李莉點點頭：「這個女人，心理變態，到處造謠生事，妳要特別小心！」

冬梅笑笑說：「清者自清，濁者自濁，讓她們去說吧！」

正這時所長徐寬過來：「江冬梅同志！有一個產婦送進來了，準備接生吧！」

冬梅與李莉準備器材。

李莉關心地說：「我看妳睡眠不足，要不要通知張淑貞同志，代替一次？」

「沒事，我挺得住，我們走吧！」

李莉推著器材架等物，與冬梅出門，經過走廊，進入手術室。

手術門口的紅燈亮著。

郭大媽在焦急等待。

徐所長近來，郭大媽站起招呼：「已經三個小時了，還沒生下來。」

徐所長解釋：「第一胎應該慢一點，看妳媳婦的肚子很大，一定是個胖娃娃。」

郭大媽笑笑。

嬰孩哭聲傳來。

郭大媽驚喜大叫：「生了！生了！」

徐所長也笑容滿面說：「恭喜啊！這麼年輕就做奶奶了，妳兒子沒有來？」

「他在外地工作。」

郭大媽連忙迎上。

手術室門口紅燈熄，手術室門開，冬梅與李莉走出取出帽子口罩。

李莉報喜：「郭大媽！恭喜妳，妳媳婦生了個胖孫子。」

「謝謝！謝謝！」郭大媽一直道謝。

可是冬梅面有難色。

郭大媽推門入手術室。

冬梅回到助產士辦公室，拿著帽子向桌上一扔，極為懊惱。

李莉替她到了一杯水：「喝點水，不要放在心上。」

「這是我從事助產士工作以來，第一次發生這種事。」

郭大媽生氣地推門進來，對冬梅說：「江冬梅，我看你應該退休了，不必再做助產士了。」

冬梅望了一眼，慚愧地低下頭。

郭大媽一臉怒色說：「聽我媳婦說，妳磅秤嬰孩時，差點把孩子摔在地上。」

冬梅低頭認錯：「真對不起！」

「好在妳接手的快，，不然的話，不得了。」

李莉插了嘴：「對不起，是我們江師傅太累了。」

「累了，就該失手的？！」

「對不起，是我的錯！」

「還不知道小孩有沒有受到驚嚇？徐所長還說妳是最好的助產士，我看妳比新手還不如！」

郭大媽正轉身，看見徐所長站在她身後，立即對徐所長開火：「徐所長，我看你們也該徹底檢討了，哼！」

郭大媽掉頭而去。

「所長！我……」冬梅歉意含淚。

徐所長輕拍冬梅肩。

冬梅哽咽地說：「我也不知道為什麼會發生這件事。」

李莉說明：「江師傅昨晚一夜沒有睡，而這個產婦也拖得太久了，精神不濟，才……」

「有驚無險，還算運氣。」

「所長！也許是我年齡大了，家累太重，不適合幹這一行了。」

「沒有的話，妳先回家休息吧！嗯？！」

徐寬再度拍拍冬梅的肩，步出。

冬梅坐下掩臉暗泣。

冬梅騎了自行車頭腦昏昏沉沉…

郭大媽責備的聲音起來：「江冬梅！我看妳該退休了，江冬梅！妳該退休了…」

冬梅搖搖幌幌，終於連人帶車，倒了下去。

遠處王大有駕駛拖拉機而來，王大有下車檢視，大為吃驚。

「江師傅！江師傅！妳怎麼啦？」

王大有拉她站起，冬梅一看知道是鄉幹事，不好意思，弱聲說：「王幹事！是你啊？」

「是不是工作太累？！」

「剛才接了一胎。」

「不要緊吧？」

「沒有事，我歇一會就好，謝謝你。」

「身體要當心啊，一大家子全靠妳！」

冬梅點點頭：「王幹事！你請便吧！」

「好，那俺走了。」

「哦，不要告訴任何人，說我暈倒在路旁。」冬梅叮嚀。

吳力在看公文。

崔英進來，特別在門口敲了三下。

吳力抬頭一看是崔英，皺眉。

「不要一看到我就皺眉，我是來告訴你一件新聞。」崔英說。

「我現在很忙，沒有時間聽新聞。」

「你不聽是吧？是關於你心上人的，不後悔？」

吳力摘下眼鏡。

「聽說江冬梅出事了！」

吳力一怔。

「別緊張，不是她本人，也不是她家裡什麼人出什麼事！」

吳力鬆了一口氣：「有話快說吧！」

「說到你心上人，你就關心了是吧？我不說了。」

崔英轉身欲離去，走到門口又轉身：「是關於她接生的事。」

吳力又一怔。

崔英：「留個尾巴，你自己打電話問徐所長查詢吧！這樣一來，江冬梅聲譽掃地，以後再沒有人請她接生了，哈哈！」

崔英幸災樂禍狀離去。

吳力怔一會，才拿起電話。

夜已深，孩子們都睡了，冬梅也疲極就寢。跌入夢境……

郭大媽兇眼怒目斥責：「江冬梅！妳摔死我的孫子，我要告妳！我要告妳！」

然後法官一人出現，語調嚴厲：「江冬梅！妳接生摔死郭大媽的孫子，直認不諱，依據中華人民共和國憲法，業務過失殺人罪，第×條×款，判定有期徒刑五年，剝奪公權五年。」

蔣家四個孩子哭叫：「媽！媽！」

冬梅惡夢初醒，一頭是汗，坐了起來，她甩甩頭看看孩子，這才知道是夢。她過去摸三個孩子頭，分別親了一下。

正這時重重敲門聲傳來，一個大男人叫著：「江師傅！江師傅！」

「誰啊！」冬梅問著。

「俺是王大有。」

「有什麼事嗎？」冬梅問著。

「阿美肚子痛，快要生了！」

「呃？！」冬梅扭亮燈，孩子們也被吵醒了。

冬梅開門，王大有一臉著急進來：「江師傅！真是對不起，深更半夜打擾妳，阿美肚子疼了一陣子，恐怕要生。」

冬梅為難：「王幹事！我，我…」

「江師傅，拜託，不然來不及了。」

「王幹事，妳愛人生產，我是義不容辭要去接生的。」

「是啊！是啊！阿美一向把妳當親姊姊看待，而且也是妳為她定期檢查，妳不去接生，誰去？」王幹事急的一臉通紅。

冬梅考慮一下才說：「我跟妳老實說吧！最近，我因夜裡連夜趕工抄寫公文，精神不濟，今天上午接生，差點出事了。」

王幹事更急了：「不會，不會，妳有豐富經驗，阿美信任妳，不信任別人，江師傅！妳就勉為其難吧！」

冬梅考慮俄頃說：「妳開拖拉機來的？」

「在門口等著。」

「好吧！你在門口稍等，我馬上就來。」

「謝謝！謝謝！」王大有一邊擦額頭汗水，一邊辭去。

夜深人靜，手術室門口紅燈亮著。

大有在手術室外踱步，吸菸甚焦急。

手術室內，一個女人痛苦地叫著：「唉喲！王大有！都是你這個死鬼害的啊！」

李莉奔出到辦公室取氧氣。

大有拉著問說：「同志！我愛人怎麼樣？」

「難產！」李莉迅入手術室。

掛鐘已指四點。

地下菸蒂一大堆，大有抽菸，手發抖點火，火苗掉在褲上燒個洞，他才發現，趕緊跳起來滅火。

李莉又出來搬儀器。

大有又拉住她問說：「同志！怎麼樣了？」

「腳先出來，有困難。」

「怎麼會發生這種事？」

「你問我，我問誰？」李莉白了他一眼，迅急推儀器入手術室。

王大有心亂如麻，只好望著窗外拜佛。

這時徐所長來了。

大有意外：「所長！你也來了?!」

「你愛人生產，我能不來嗎？」

「罪過，罪過。」

「還沒有生啊？」

「就是，四個小時了，急死人了。」

又是一陣孕婦叫痛聲傳來。

大有心絞難過：「女人生小孩，真痛苦。」

「所以應該孝順我們的母親，現在一般人，光顧自己過生日，其實生日也是母親蒙難日。」

徐所長因感而說。

這時孕婦叫聲漸淡。

接著嬰孩哭聲傳來。

大有眉開眼笑，抓住徐所長手大叫：「生了！生了！俺做爹了！」

徐所長：「恭喜！恭喜啊！王幹事，你聽你的小子，哭的聲音多宏亮，肯定是個健康的小寶寶。」

手術室門口燈熄，門打開。

冬梅一頭大汗，一邊取帽，一邊走出。

大有連忙迎上問說：「江師傅！謝謝您了，但不知道是閨女，還是小壯丁？」

冬梅已疲勞不堪，但還是開了一句玩笑：「跟你一樣是個山東小小的熱饅頭。」

徐所長及大有哈哈大笑，而冬梅卻不支，雙眼翻了翻，暈過去了。

徐所長連忙扶住她：「江同志！江同志！」

「江師傅！俺知道妳是累倒了。」

徐所長抱起冬梅急步走向病房。

冬梅躺在病床上，打著點滴。

李莉在旁照料說道：「江師傅，我跟妳學了不少。」

冬梅微笑點頭。

大有抱著嬰孩與徐所長進來。

「俺抱俺家小子，來謝謝妳！」

冬梅看嬰孩：「這是我接生一千個孩子。」

「真的？！哪俺小子太有福氣了。」

徐所長一聽，立即接腔：「那就取名王一千吧！」

王大有高興地裂開嘴說：「好，好，王一千，好聽。」

冬梅問徐寬：「所長，現在幾點了？」

徐寬看手錶：「差一刻六點。」

冬梅拿下針筒，下了床：「我該回去了。」

「再躺一會吧！」徐寬勸阻。

「不行，孩子要上學，不然來不及了。」

「俺用專車送妳，妳等等俺。」

大有抱孩子出。

徐所長注視冬梅：「怎麼？該恢復信心了吧？！」

冬梅微笑點頭。

早晨是陰天，雷聲隆隆。

冬梅搭拖拉機趕回家中，路過一淺水溝，躺著一個人，冬梅連忙叫停：

「停一下！停一下！」

「什麼事？」王大有不解。

「那邊淺水溝。好像躺了一個人。」

「噢。」拖拉機後退，果然見是一個人，而那個人還拿著一個酒瓶。

王大有膽大，將那個人翻過身，原來是老丁。

「呃？！是老丁！」大有叫著。

冬梅伸手一試，還有氣說：「這個酒鬼，還沒有醒呢？」

大有背了老丁，躺在車上，開動車子走了。

雨也下起來了。

雨絲絲下著。

老丁穿著蓑衣，提了兩條大魚，與素素站在冬梅院子。

老丁示意素素叫門。

素素叫著：「蔣媽媽！蔣媽媽！」

冬梅開門出，見是老丁，一怔。

老丁將兩條魚交素素，再轉給冬梅。

素素訴說著：「我爸爸說，若不是蔣媽媽和王伯伯救了他，他這個時候還躺在水溝裡淹死了。」

冬梅微笑地說：「老丁！以後少喝一點，身體要緊。」

老丁點點頭。

旭東亦出現，這時說：「丁伯伯！我可以替素素補習功課了？」

老丁點點頭。

「我們是鄰居，俗話說：遠親不如近鄰，以後我們要守望相助，互相照顧，這兩條魚，我收了，謝謝！」

老丁鞠躬而退。

冬梅感慨輕語：「這個老丁，脾氣真倔，他就是裝啞巴，不開口說話。」

（二十四）

羅家客廳，面盆內，放了髒衣褲。

年輕保姆小余，面有難色，站在那邊。

永娟問說：「什麼？小余！妳不想做了？」

小余摀鼻指面盆：「妳看吧！每天洗這些，臭死了！」

「沒有辦法，我媽有病，等明天天晴，我就把她送走了。」

她四週一望，不見蔣母：「咦！我媽呢？」

小余說：「好像看外婆出去了。」

「呃！下雨天，她要往外跑，小余！妳快去找找看！」

蔣母站在磚橋上，望著小河發呆，她全身已濕透。

小余叫著：「外婆！外婆！妳在哪裡？」

世廷下班回來。

永娟急地問說：「世廷！你回來，路上看見媽沒有？」

世廷搖頭。

「她走出去了，一定是迷失了。」永娟急地說。

「我早就叫妳像冬梅一樣，在她身上掛個姓名、住址的條子，妳就是不聽。」

「現在說這些有什麼用，快去找吧！」

世廷、永娟忙拿傘奔出。

窗外有雨。

冬梅家孩子做功課。

冬梅縫著什麼，門推開，多日不見的莫愁穿著校服，提了雨傘小包進來。

「媽！哥哥！妹妹！」莫愁招呼叫著。

眾人怔住了。

「莫愁！妳回來了？！」

母女擁抱。

「媽！我想妳，好想妳！」

冬梅含淚說：「妳以為媽不想妳嗎？我曾經偷偷去看妳一次。」

莫愁又去擁抱莫依：「妹妹！」然後又對母親說：「媽！妹妹的腿，有沒有好一點？」

「沒有惡化，一時還恢復不了。」

「妹妹！是姊不好，姐在劇校，遇到不順心的時候，我就想到妳，我不能退縮，我一定咬住牙根，挺下去！」

冬梅撫其髮：「孩子，難得妳這麼懂事。」

莫愁又面對旭東、旭陽：「哥哥！你們好嗎？」

旭東說：「埋頭苦讀，爭取成績。」

「二哥！你呢？」

「我嗎？很慚愧，期考班上前五名。」旭陽謙說。

「那不錯嘛，恭喜了。」

「旭陽近視厲害，恐怕得配副眼鏡。」冬梅補充說。

莫依與莫愁耳語。

莫愁望著旭東：「真的？！大哥，加油。」

旭東要打莫依，莫依躲在母親身旁。

莫愁打開包，取出禮物。

「媽！這是給妳的。」

冬梅打開一看，是一疊小票。

「這是我，省下來的，媽！妳留著用吧！」

冬梅沒有想到，極為感動：「這孩子，這孩子。」

然後莫愁又送哥哥鉛筆、橡皮擦等。

「妹妹！談談妳那邊情形吧！」旭東說。

「我們劇校，分高級班、初級班、幼年班，一共一百多人，我是屬於幼年班，在學校師哥、師姊都很照顧我，當然沒有家裡舒服，在家裡光是讀書就好了，那邊除了練功、練唱，也有普通課程，忙得頭暈轉向。」

「對了，上次妳偷偷跑回來，有沒又受到什麼罰？」旭陽問說。

「有，我變成大名人，當眾照相。」

「呃？姊！妳還照相？」莫依問說。

「笨蛋！妳以為人家真替妳照相，是叫妳站在全校師生面前，自我反省檢討。」

「哦。」莫依半懂，半不懂，望著姐。

莫愁說：「好在老師都很喜歡我，尤其那個閻王老師，他替我說了情，所以我就留校察看。」

「我看了那張布告。」冬梅插了一句。

「不過，也不錯，一下子我變成全校的名人，有的同學佩服我的勇氣，還送東西給我吃呢！」

「哇！好棒！」莫依拍著手。

冬梅笑說：「好什麼？臭名揚天下。」

「那好，在學校學的怎麼樣？」旭陽問說。

「我已經學會好幾齣戲，要不要表演一小段，給你們看看。」

眾人鼓掌。

於是坑床做舞台，莫愁隨即拿起一把摺扇說：「這是祥林嫂選段，賀老六唱的，我唱了：『我老六今年活了三十六……』（戲詞後補）

莫愁表演畢，眾人驚喜，叫好鼓掌。

突然重重敲門聲傳來：「大嫂！大嫂！」

眾人怔住。

「是你們姑父來了。」冬梅說。

冬梅打開門。

羅世廷穿了雨衣，一臉哀戚進來：「大嫂！告訴妳一個不幸的消息，他們奶奶過世了。」

眾人哭叫：「奶奶。」

冬梅含淚走向其夫遺照前，喃喃地說：「永正！我沒有把媽照顧好，對不起！對不起！」冬梅抽泣不止。

（二十五）

（十二年後）

受人欺凌的孤兒寡母，已艱苦過了十二年了，這十二年對冬梅和孩子來說，是艱苦的，也是快樂的，孩子們在母愛的庇蔭下，一個個長大了。

江冬梅因天生麗質，並不見老。

老大蔣旭東，高中畢業後，為了幫助家庭，毅然輟學，在中藥店做學徒，如今已能把脈開方。

老二蔣旭陽，天智聰慧，有志上進，目前正準備考大學。

老三長女蔣莫愁，雖然已自劇校畢業，但演出機會不多，正在磨練階段。

老四次女蔣莫依，姿色出眾，因幼時得小兒麻痺症，經母親細心照顧，大致已康復，目前在蘇州繡品廠學刺繡。

至於羅家，羅世廷這十二年來，官運亨通，已調升縣第一區貿易公司總經理，家中比較闊氣。

兒子小軍、小娟兩人玩樂心重，對上進並不積極，羅妻蔣永娟整日無所事事，不是逛商場，就是與同齡女友玩麻將消遣，除了兒女功課比不上人家，其他無不比上不足，比下有餘，因此，永娟內心頗為躊躇滿志。

旭東與素素已是公開戀人，冬梅對素素也疼愛有加，早就有心收為長媳，可是素素的父親，這個比牛還頑固的老丁，他卻自有定見。

一天，旭東、素素隔著籬笆，手拉手談情。

老丁跑來收漁網看見了，一臉不快，過來干涉：「噯，噯，光天化日之下，妳們兩個害羞不害羞？呃？」

素素、旭東連忙分開手。

「爸爸！」素素叫著。

「進屋裡去，我們研究一下妳去上海工作的事。」

素素搖頭：「我不去上海。」

老丁變色說道：「妳以為妳長大了，我就不會打妳了？！」

旭東接了腔：「丁伯伯！素素不是想做助產士？！」

「助產士有什麼出息？像你媽苦了一輩子。」

「可是，這是素素的志趣啊！」

「哼！志趣？！志趣值幾個錢一斤？告訴你現在年頭不同了，錢！錢！」

旭東不同老丁的意見，又不敢再頂老丁。嘀咕著什麼。

「你說什麼？」

「我是說可不可以跟我媽再商量一下。」

老丁怒目：「你媽？你媽是什麼東西？你們家也管的太寬了吧，素素是你們蔣家的人？告訴你，你和她八字沒有一撇，別癡心妄想。」

然後又囑咐素素：「進屋裡去！」

素素也頂了嘴：「爸！上次來我們家的那個男人，流里流氣，我看就不是一個規矩的人，由他介紹，有什麼好工作？」

「氣死我了，氣死我了，我的話妳也不聽了。」

這時冬梅由外歸來。

素素像碰到救星般：「蔣媽媽！我爸又逼我去上海工作的事，妳勸勸我爸好不好？」

冬梅看看無法推辭，只好走進了丁家院子：「老丁！」

老丁轉身：「不用妳管！」

冬梅笑著說：「可是孩子要我和你談一談，老丁！我只問你，我們兩家這許多年，處得怎麼樣？」

「妳除了多管閒事，其他還不錯！」

「嗯，還算通情達理，這些年來，由於素素沒有母親，與我比較親近，我呢？幾乎把她當女兒看待，所以她的事，自然我也比較關心，你叫她去上海工作的事，原本我也讚成的，並沒有私心把她留在我身邊，要她學助產士，可是後來經過我託人打聽，上次來過的那個蔡經理，是一家不正當行業的經理，我就有點替素素擔心了。」

老丁反駁：「姓蔡的不是開高檔的茶藝館？！」

「那是掛羊頭賣狗肉，暗中搞色情勾當，老丁！妳要女兒往火坑裡跳嗎？」

「那當然不是，好，我要親自去上海看一下，我不信姓蔡的是那種人？」

老丁生氣入內。

素素抓冬梅手，頭依在冬梅肩上：「謝謝蔣媽媽！」

「妳爸爸還是不錯的，就是脾氣太壞。」

＊　＊　＊

冬梅家已經過改善，奶奶房已讓兩個女兒住。統鋪隔成兩間，一為冬梅住，一為二兄弟住，當中矮木牆間隔，另多了書桌、檯燈，看去不寬敞，但也窗明几淨。旭東在看書。

冬梅提了水果進來，坐下就敲腿。

「媽！妳怎麼啦？」旭東關心問說。

「人老了，什麼毛病都來了，最近老感覺腿部有點酸痛。」

「是不是風濕病？要不要抓一帖藥來？」

「算了，還沒有那麼嚴重。」她四望一下：「旭陽呢？快高考了，還到處亂跑？」

「他怕家裡吵，去山上廟裡用功去了，媽！妳看他留給媽的字條。」

冬梅看字條，上面寫著：「媽！我去廟裡了，去廟裡不是當和尚，而是想踏進理想大學之門，請媽不必掛念，兒旭陽上。」

冬梅笑了笑：「這孩子，那生活起居？」

「弟弟說，他和主持和尚講妥了，有一間清靜的禪房，吃他們的素食，一切免費。」

「這孩子倒有主見，自己先調理好了。」

「媽！沒有事，我去藥鋪了。」

冬梅點點頭。

旭東走出。

冬梅環顧四週，有點寂寞感，她想了想，拿了上衣走出。

冬梅爬了山路，不時敲腿。

王大有、阿美與兒子王一千下山來。

阿美老遠就叫著：「哈！那不是冬梅姐嗎？怎麼會有興致來爬山？」

冬梅：「我老二在上面廟裡苦讀，我去看看。」她注視一千：「這是一千吧？這麼大了！」

大有：「可不是，十二歲了，快叫阿姨。」

一千乖巧，喊著：「阿姨好！」

冬梅摸一千頭說：「想當年你出生的時候，阿姨可是費了九牛二虎之力，才把你弄出來的。」

阿美：「一千！你知道你為什麼叫王一千嗎？」

一千搖頭。

阿美說明：「那是因為江阿姨接生剛好接了一千個嬰兒。」

一千笑笑。

冬梅喜形於色說：「時間過得真快，一轉眼孩子這麼大了。」

阿美：「所以我們都老了。」

大有笑說：「不，人老心不老，樹老根不老！」

阿美要打王大有狀。

冬梅笑說：「好了，我不跟你們聊了，我要上去了。」

阿美：「跟阿姨說再見。」

一千說：「阿姨再見！」

冬梅揮揮手：「再見！」

他們分開，一上三下。

廟裡禪房一桌一椅，非常簡單，旭陽坐在書桌上苦讀。

他打盹，連忙用萬金油擦鼻孔、眼睛刺激。

冬梅輕巧走近，在窗外窺視，見孩子如此用功，又欣慰又心疼，終於她走了進去。

旭陽抬頭看見，連忙站起：「媽！妳來了。」

冬梅玩笑說著：「兒子出家了，媽能不來探個究竟嗎？」

旭陽也雙手合十笑說：「孩兒看破紅塵，帶髮修行，尚望母親成全。」

冬梅笑斥：「貧嘴！」然後她坐在床上，舉目四望：「旭陽，你能上山苦讀，有志上進，媽內心著實安慰，但在這個緊要關頭，光吃素，營養是不夠的，我們約法三章好不好？」

旭陽望著母親。

冬梅接著說：「每隔三天，你下山在家住一宿，吃一餐，我買點肉替你補一補。」

「好吧！」旭陽首肯。「媽！我已經是成年人了。」

冬梅：「好，你嫌我嘮叨，我走了。」

「媽！我不送了。」

「我找主持師父談談。」冬梅起身離去，

廟中走廊，冬梅偕同一老年男性主持師傅相偕走出。

「師父！真不好意思。」冬梅歉意地說。

「沒事，孩子上進，理當幫助。」主持師父說。

「離高考只有半個月，孩子是在做最後衝刺，還請師父多多關照，至於半個月食宿費用⋯⋯」

「有，就捐點油錢，手頭緊就算了。」

「那謝謝了，再見！」冬梅雙手合十致謝。

「不送！」師傅也雙手合十回禮。

山腳下不多遠，有一間小型蘇繡廠，蔣莫依在這裡學習蘇繡，冬梅也順便來看看莫依。看莫依工作認真，不便打擾，正準備離去，莫依眼尖看見了，連忙叫著：「媽！」

冬梅停步。

莫依行動稍有不便走來：「媽！妳怎麼來了？」

「旭陽住在廟裡用功讀書，我去看看他，順便來和妳一起下班。」冬梅說。

莫依看手錶：「哦，真的快下班了。」

這時鐵板聲響起。

「媽！妳在這裡等下，我去收拾一下。」

一群女工，嘰嘰喳喳下班了，自行車一輛一輛推出。

莫依來挽住母親胳膊。

「怎麼樣？一切熟練了吧？！」冬梅問說。

「我是媽的女兒，強將手下無弱兵！」莫依說。

冬梅安慰地點點頭。

莫依長得很清秀，在蘇繡廠中，是出類拔萃的美女，唯一的遺憾，是幼時患小兒痲痺症，走路有點不便，因此有空就在家門前，扶樹練腿功，她一蹲一起，極為吃力，站著休息擦汗。

冬梅見了問說：「怎麼不練了？！」

「實在太累了。」莫依答。

「太累也要練，妳是左腿不好，光練左腿，一天早晚兩次，每次一百下，對妳那條腿是有好處的。」

「自從練了這個腿功後，走起路來是好一點。」

「孩子，媽對不起妳！」

「又來了，我練就是。」

莫依練著左腿功。

這時莫愁出現，她現在已經是越劇團，成名的要角了，高挑的身材，臉蛋美麗，為後起之秀，但今天她一臉怒容，叫了一聲：「媽！」就直奔臥房了。

「莫愁！妳怎麼啦？」冬梅快步跟入。

莫愁站在窗前抽搐輕泣。

冬梅進來問說：「莫愁！妳怎麼啦？誰欺侮妳了。」

莫愁撲入母還哭著：「太不公平了，我受不了！」

冬梅扶莫愁坐下，替他擦淚：「沒頭沒腦的，妳講什麼？」

莫愁還是輕泣。

「我的姑奶奶，妳得說啊，媽急死了。」

莫愁擦了淚說：「我在團裡，不是頭牌，也算二牌，這次公演主角輪不到我也罷了，卻派我演一個丫頭龍套角色，我受不了，我受不了！」

冬梅這才明白，是怎麼一回事，故裝生氣地：「噢！好，媽去跟你們老師論理去！」

冬梅轉身欲去，莫愁又拉住她：「媽！角色都派定，算了，算了。」

「算了？！妳們老師也不去打聽打聽，我們莫愁是誰的女兒？」

莫愁這才知道母親鬧著玩的，扭了扭身笑著叫了一聲：「媽！」

「好了，好了，我的小姐，我以為發生什麼大不了的事，這種事很平常。」

「怎麼平常？」

「嗳，妳自己說，妳是妳們團裡二牌，主角自然是頭牌了，其他次要角色，派二牌，那是遭塌，派個龍套，一是顯示團隊精神，有贊助支持的意思，萬一頭牌有事不能演出，二牌亦可補上。」

「是這樣嗎？」

「孩子，人不如意十常八九，妳要想開一點，要往好處想，不要一個勁鑽牛角尖。」

「媽！妳說的也有一點道理。」

「當然，二牌來演丫頭龍套，更要認真去演，不能稍有差錯，這樣一來，人家會說妳很有風度，心胸豁達。」

莫愁望了母親一眼，未語。

「人家不派妳演主角，也許妳的技藝確是比不過人家，我已經替妳準備錄音帶，妳在家裡好好鑽研吧！」

這時莫依叫著進來：「姐！妳們劇團的閻老師來了。」

莫愁一怔：「嗳？！」

莫依引閻老師進來。

莫愁、冬梅迎於小客廳。

莫愁叫了一聲：「閻老師！」就眼睛紅紅，低下頭。

冬梅：「閻老師！請坐！」

閻坐下，定睛望莫愁：「哭了？！沒出息！」

「好，罵得好，我也一直在勸她。」冬梅笑著說。

「妳知道讓妳演丫頭一角，是誰建議的？」閻老師說。

莫愁搖頭。

「告訴妳，是我！」

莫愁意外，望了他一眼。

閻老師繼續說：「江師傅！妳是知道的，自從十二年前，她進入劇校，她笨的使我生氣，自己打耳光，她用小手摸我臉頰，替我擦淚的時候起，我就喜歡這個小姑娘了，我覺得我跟她很有緣份，所以我教她戲，特別賣力、特別用心，甚至比其他學生更嚴格，為的是什麼？為的是使她打下基礎，好長大了，挑下重任。」

冬梅意外：「謝謝！這是孩子的福氣。」

「這十二年來，她沒有使我失望，果然是出類拔萃，成為劇校響噹噹的二牌。」

冬梅：「是老師教導有方。」

「既然老師這麼誇我，為什麼還讓我演龍套丫頭？」莫愁反問。

「這妳就不知道了，是我有意的安排。」

莫愁感意外：「有意的安排？！老師！平時我把你當父輩尊敬，你是這麼整我？」

「不得無理，讓老師說下去。」冬梅制止。

「也就是為妳出線後，掛頭牌做準備。」

莫愁更不解：「我不懂。」

「妳自然不懂，小姑娘好勝心強，以為演龍套，是一種屈辱，其實是一齣戲是不是成功，要看團隊精神，紅花尚須綠葉扶持，今天妳能演丫頭，和她們打成一片，日後，妳演主角，必能獲得全體支持，那個時候，妳就可以得心應手，展示妳的才華，沒有人扯妳的後腿了。」

冬梅說：「孩子！妳懂了沒有？」

「好像懂，好像不懂。」

冬梅笑罵：「調皮！」

「還有一點，我必須說明，我所以這麼做，是有人在背後支持我的。」

莫愁已知大概，笑說：「這個人是誰？得把他揪出來。」

閻老師笑說：「遠在天邊，近在眼前！」

「媽！是妳！」

冬梅點頭：「孩子！古時候做老師的，有句名言『易子而教』的意思，自己的兒子下不了狠心，得請另一教師才能成器。」

莫愁這才完全理會，故意笑說：「原來媽是幫凶！」

「這許多年來，妳媽一直和我有聯絡，她看妳學有長進，當然很高興，但怕妳持寵而驕，一個名角最使人批評的是，眼睛長在額頭上，所以她常常對我說多磨練她，遲一點出線沒有關係。」

莫愁撒驕雙手敲母胸：「媽！媽！」

「妳媽是有苦心的，她是要妳懂得謙受益，滿招損的道理啊！」

莫愁受感動，望了母親好一會，才撲上去擁母而泣：「媽！啊……」

「現在機會來了。」閻老師說。

莫愁一怔。

閻老師加了一句：「妳可以不演丫頭了。」

莫愁：「那……那演哪一角？！」

閻老師笑臉說：「妳猜猜看？」

「書僮？！」

閻搖頭。

「主角姊妹？！」

閻又搖頭。

「那是什麼？我猜不著。」

「妳為什麼不去搶主角？」

「主角在天上，我攀不到。」

「沒出息，我告訴妳吧！現在主角的冠冕，從上天掉下來，掉在妳頭上了。」

莫愁極意外：「真的？這怎麼可能？」

閻老師說明：「程鳳英的身體，一直不大好，最近又發現得了慢性腎臟炎，她的父親，早就有意辭謝這次公演，她本人無可無不可，所以在選派角色，她在校成績最優異，自然成為主角。」

莫愁：「這我知道，我無意跟她爭。」

「孩子！我老實告訴妳，我是有私心的，俗話說：『人無私心，天誅地滅。』我算定程鳳英到時候不能演出，所以故意派妳演丫頭，妳接受這角色，表示妳有風度，妳有團隊精神，大家都服了妳，好在妳當時，態度尚能接受，沒有犯小姐脾氣。」

冬梅：「妳看看，閻老師多麼愛護妳。」

「當然，另方面我也受了妳母親的感召，一大群孩子，拉拔這麼大，不容易啊！」

莫愁看看老師，又看看母親：「我，我⋯」

「程鳳英正式提出辭謝這次公演，大家一致通過由妳主演，快跟我回去吧！要加緊排練。」

冬梅欣慰表情：「閻老師用心良苦，還不快謝謝老師？！」

莫愁走到閻老師面前，抓起她的手說：「老師！我錯怪你了。」

「現在高興了？！」閻老師笑著說。

莫愁含淚點頭。

莫依向前道賀：「姐！恭喜妳！」

「莫愁一把抱住妹妹，哽咽地：「妹妹！苦了十二年，我的機會終於來了。」

冬梅當然也受感染，轉身擦淚，然後堅定對女兒說：「莫愁！機會來了，妳要抓緊啊！」

這是一間教室，桌椅已騰空，莫愁與其他角色均穿著便裝，圍著圈進行排戲。

旁有文武場。

莫愁走到中央，向閻老師和四周鞠躬：「各位老師！各位叔叔伯伯阿姨！兄弟姊妹們！這次我能担任主角演出，感到非常榮幸和惶恐，還請各位多幫襯，大力支持，謝謝！謝謝！」

然後他又向四周鞠躬行禮：「我現在唱一段紅樓夢插曲，請各位指教！」

眾人鼓掌表示支持。

冬梅在窗外看著。

越劇音樂起（紅樓夢插曲）。

莫愁演賈寶玉唱：「林妹妹！今天是從古到今，天上人間（唱）是一件稱心滿意的事啊……」

閻老師發現冬梅站窗外，向她伸出大拇指，表示嘉許。

夜深人靜，旭陽在廟中禪房苦讀，只有青蛙、蟋蟀聲陪伴他，倒也逍遙自在。

他打盹，在臂上擰了一把又讀。

厚厚一堆書，還剩下幾本，他又睏，甩甩頭，揉揉眼，再翻書，仍然精神不濟，他爬上床，倒立在床上。

在家的母親，關心兒子，雖然也躺在床上，但心中不安，冬梅披衣在室內走動，被莫依發現：「媽！妳怎麼不睡？！」

「我老想到妳二哥，他在廟裡不知道怎樣了？！」

旭東聞聲，也坐起勸導：「媽！妳省省心吧！旭陽這麼大了，他自己會照顧自己。」

「我想去廟裡看看他，可是一個婦道人家去了，也不方便。」冬梅說。

「明天我抽空去看看他吧！」旭東說。

「你告訴他，上海那邊，他姑姑帶來口信，要他考試的時候，可以住在她家裡。」

旭東：「噢！別操心了，睡吧！」

（二十六）

這是一小臥室兼書房，有單人床、書桌、椅子，佈置簡單，但比起冬梅家及廟裡禪房強多了，配上花布窗簾，倒也雅緻，桌上放了一個小鏡框，內有冬梅全家福照片。

旭陽看了照片，又苦讀著。

門推開，油頭粉面的大表哥羅小軍進來。

小軍：「書呆子！你還在看書？」

「馬上要考試了，我在做考前衝刺。」

「錯，你們老師沒有告訴你們，考前要放輕鬆，免臨陣失常。」羅小軍說。

旭陽：「我只聽說，臨陣磨槍，不快也光。」

羅小娟在樓下叫著：「哥！旭陽下來沒有？」

小軍：「小娟！妳來請吧！我這個大表哥請不動。」

少頃小娟一身活潑裝進來：「表弟！來，我替你介紹個朋友。」

旭陽有點不快：「什麼表弟？！我跟你同年。」

「媽說我比你早出生五天，五天有一百二十個小時，我就是表姊，怎麼你不服氣？！」

「好好，就算是表姊吧！我現在要看書，對不起，我目前不想交結朋友。」

「你這個人怎麼不通人情，我們是想給你介紹朋友，又不會耽誤你很多時間。」

「對啊！走吧！走吧！」小軍起鬨，於是小軍、小娟架起旭陽走下樓。

上海羅家客廳，因羅世廷步步高升，住家自然也比一般人闊氣，美輪美奐。

上海千金小姐，錢芳躲在落地窗簾內，露出一雙腳。

小娟走近，慢慢拉開窗簾布，嘴裡哼著掀開祕密的曲調。

先看到錢芳雙腿，上衣，最後面部，整個人出現，容光煥發！

旭陽面紅耳赤低下頭。

小娟說：「來，我替你介紹。」

小娟拉錢芳近旭陽說：「這是我表弟蔣旭陽，草字頭蔣，旭日東升的旭，太陽的陽，怎麼樣？帥吧！」

旭陽更是羞的手足無措。

小娟又介紹錢芳：「這位是上海市名媛，錢芳小姐，錢幣的錢，芬芳的芳，她父親是大公司的大董事長，表弟！你看錢芳漂亮吧？！」

錢芳掀起裙子，踮起腳尖打了一轉，然後向旭陽行了洋禮。

旭陽羞地無地自容。

錢芳伸出手說：「幸會！」

旭陽遲遲未伸手。

小軍叫著：「旭陽！人家小姐都伸手了，你還不伸手？」

旭陽無法，只好右手在褲子上擦了擦，才伸出手。

錢芳究竟是見過世面的，主動向握。

小軍招呼：「請坐吧！」

他們坐下。旭陽拘謹的看自己腳尖。

錢芳一邊看旭陽，一邊和小娟耳語。

小娟：「我表弟英俊可愛吧？！」

錢芳點點頭。

小軍向妹妹暗示什麼。

小娟意會說：「表弟！老師說了，考前心情放輕鬆，今晚去跳舞吧！」

旭陽睜大眼睛：「今天晚上？我不會跳舞。」

「不會，錢芳可以教你。」小軍說。

旭陽考慮俄頃才說：「大表哥！表姊！你們後天不是也要參加考試嗎？」

小娟：「噯！表弟！後天是後天的事，今天是今天，兩者並不衝突。」

「大概你們功課好，胸有成竹，我是一點把握也沒有，對不起，不能奉陪！」旭陽站起欲上樓。

被小軍攔住：「表弟！難得錢芳看中你，她在上海是多少白馬王子追求的對象。」

旭陽聽了，心中更氣，口不擇言：「城裡人玩膩了，再來玩鄉下人，把我當猴子耍？」

小娟變色：「旭陽！你怎麼這麼說話？」

旭陽道歉：「對不起！是我失態了，我一不會跳舞，二也沒有心情。」

旭陽欲走，又被小軍攔住。

錢芳呢？始終微笑站一旁。

小軍：「你真是鄉下來的，不通人情，舅媽不是最富愛心的嗎？你應該向你媽學習，今天晚上有個同學生日派對，對大家都講好了，就差一個男伴，你不去那多掃興。」

小娟也勸：「是嘛，就像我媽打牌一樣，三缺一，那多掃興！」

這時房門開，世廷戴了眼鏡與一身高貴的永娟出來，後面還有二牌友。

世廷大聲斥著：「夠了！夠了！」

旭陽招呼：「姑姑！姑父！」

世廷：「你以為你們講話我沒有聽到，今天什麼時候？還以玩樂為重，統統不准去，在家裡溫習功課。」

小娟說：「爸！老師說了，考前要放輕鬆，而且是我們同學生日，沒有辦法，爸！（撒嬌）我們去玩一會就回來讀書！好不好嘛？！」

世廷變色：「不行！」

「爸！人家都說好了嘛！」小娟還是求著。

世廷：「你們看看你們表弟旭陽，整天關在房間裡，哪像你們只會玩樂。」

女兒去纏母親永娟：「媽！」

永娟幫子女了：「算了，算了，我也聽說過，考前心情最要緊，你把他們關在家裡，心在外面，又有什麼用？快去快回，回來好好看書，宵夜都給你們準備好了。」

世廷怒望妻子說：「你們要去，你們去，別拖旭陽下海！哼！」

世廷生氣，走入另一房間，重重關門，表示對妻子不滿。

旭陽回到二樓房間，站在窗前，痛苦考慮，終於決定離去，於是他收拾桌上全家福相框、書本及應用物品，裝入一個大袋子，然後寫了一張條子，放在書桌上，看了看四週，開門出去。

旭東在研究穴道模型。

莫依幫母親做家事。

王大有推門進來叫著：「江師傅！江師傅！」

冬梅意外，王大有因工作努力，獲上級器重，做了鄉長了，冬梅連忙招呼：「鄉長！有事嗎？」

「你們家旭陽從上海打來電話，說是他不在姑姑家裡了，目前住在小旅館。」

冬梅怔了一下說：「這孩子！」

「當初媽叫他去姑姑家，我就不同意。」旭東說。

莫依也說：「姑姑家闊氣，我們窮酸相，根本不搭調。」

「我知道，旭陽個性強，不適合住那種環境，可是你姑姑一時好意，我也不好推辭。

「當初不推辭，現在反而得罪人了。」旭東說。

永娟拿了一張字條，從樓上下來，一邊叫著：「世廷！世廷！」

羅世廷坐在沙發上看報紙，損她一眼。

「你看看，你看看這張條子。」永娟一臉不快說。

世廷接過看看，是旭陽留下的字條，上面寫著：「姑父！姑姑！請原諒小侄無禮，為了應付後天高考，小侄不辭而別，謝謝盛情款待，小侄旭陽敬上。」

「我好心上去問他要不要吃宵夜？人都溜了，真是沒有家教！」

世廷沒好氣地說：「妳有家教？！妳的寶貝兒子、女兒，到現在還沒有回來。呃？」

（二十七）

老丁竹筏用鷺鷥捕魚（代表江南景色），鷺鷥捕了魚，含在脖子中，老丁用竹桿引鷺鷥到竹筏，弄出魚，再放入水中，周而復始，抓魚不少。這時他忽然咳嗽起來，非常猛烈，頭發暈，一不小心摔到水中。回到家中，因受涼感冒，老丁斜靠在床上，素素擰了濕毛巾，放在他額頭上：「早就勸爸捕魚前不要喝酒，這次得到教訓了吧！」

老丁望了素素一眼輕說：「小老太婆！真嘮叨。」

素素：「不是女兒嘮叨，半百的人了，連這個都不懂，你淹死了，女兒怎麼辦？」

老丁頂了句：「我不是好好地躺在這裡？！」

「回來就發燒，我看，得去找個大夫看看。」

「你怎麼沒完沒了，都是跟隔壁那個江冬梅學壞了。」

「我好心勸你，還怪我，真是好心不得好報。」

這時崔英提了水果，尖著嗓門叫著進來：「大表哥！大表哥！」

素素迎上：「大表姑！妳來了。」

「好久沒有來看你們了，你們好嗎？」

崔英這才看見老丁斜靠在床上：「怎麼？！大表哥病了？」

老丁苦笑了一下。

「捕魚掉到河裡去，受涼了。」素素代答。

「喲！那可要小心啊！」

素素款待她坐下，奉上茶。

老丁看了看她問說：「崔英！怎麼樣？還是孤家寡人一個？」

「跟你一樣。」崔英輕說，她最討厭人家問她終身事。

老丁說：「好啊！是放著有福不享，偏自找苦吃。」

人了。」

崔英氣說：「說起來，我就氣，若不是江冬梅南調，我早就是院長夫

「那妳盯上那個吳力，又怎麼樣？一盯十多年，連孩子都耽誤了。」

「得了吧？酒鬼一個，我才沒有放在眼裡。」

「若是嫁給我，不是可以天天吃魚！」

崔英故意問：「放著有福不享？享誰的福啊？」

「吳力現在是⋯⋯」

「他命運不錯，現在是縣醫院院長。」

「妳還不死心？」老丁玩笑說著。

「誰叫他當初跟我約會了一次，才使我越陷越深，不能自拔。」

「大表妹，不是我勸妳，年齡不小了，趕快找個牢靠的人算了。」

崔英惡意了翹嘴說：「不！我是王八看綠豆對上了，江冬梅想橫刀奪愛，門都沒有，要耽誤，吳力、江冬梅，大家一起耽誤，誰也便宜不了誰？」

老丁嘆了一口氣：「那吳力呢？他對妳又怎麼樣？」

「他呀！他也不敢明目張膽表態，他現在調升縣醫院，我還是隔一段時間寫一封信，我已經寫了五百封了。」

「那他也回了五百封信？」

崔英斜眼氣他：「前個時候，他想把信退還給我，我又鬧著尋死尋活，從此他不敢再提了。」

老丁笑笑說：「好可怕！」

「大表哥！你現在還向我求婚？」崔英玩笑說。

「謝謝！我還想多活幾年。」

兩人大笑。

「對了，上次蔡經理介紹素素去上海工作的事，現在怎麼樣了？」崔英問說。

老丁有點氣：「都是妳在旁幫那個姓蔡的人說話，我差點受騙了。」

崔英怔了一下：「受騙？！」

「這件事，倒是要感謝江冬梅，是她提醒我，等我去上海一查證，那個穿著很體面的蔡經理，原來是個色情騙子。」

崔英意外：「江冬梅收買了你的心了？！」

「那倒不是，我是就事論事。」

「那現在素素？」

「跟了江冬梅學助產士。」

崔英一聽大叫了起來：「素素！妳要做助產士跟我學，跟她學，學什麼？她差點把嬰兒摔在地上！」

素素苦笑了一下。

「大表哥！我跟妳聊了一會，病好了一點嗎？」

老丁苦笑了點點頭。

（二十八）

冬梅、素素兩人穿著制服，推了自行車，邊走邊聊。

冬梅聽了素素的話後，極為感慨：「這個女人真可怕！隔了這許多年，她還是不放過我？！」

素素微笑地說：「吳院長碰上這種女人，大概是前世欠她的。」

「這都是命，素素！旭陽明天就考試了，我要搭夜車，去上海陪他。」

小旅館，陳設簡陋，旭陽卻輕鬆自在，破書桌上仍然放了全家福照片，他翹著腿，邊吃花生米，邊看書。

外面有敲門聲。

旭陽問著：「誰啊！」

冬梅站在門口問說：「請問蔣旭陽住這兒嗎？」

旭陽意外叫了一聲：「媽！」就忙著去開門。

冬梅提了大包小包進來：「這間小旅館真難找。」

旭陽感動，眼眶濕濕地。

「打了電話，我就後悔了，我猜想媽大概會來的。」

冬梅故裝說著：「噢！兒子大了，嫌媽了？那媽走好了。」

冬梅轉頭要走，旭陽連忙拉住，叫著：「媽！媽！」

冬梅停步轉身，微笑說：「媽是跟你開玩笑的，我怎麼捨得走？！讓媽看看。」冬梅撫其髮，摸他臉：「瘦了，肯定沒有吃好！」

然後冬梅一樣一樣從大包小包裡取出來。

「這是滷蛋，這是燉好的人蔘。」

旭陽也故意和媽開著玩笑：「媽！這人蔘恐怕不成！」

冬梅怔了怔：「怎麼啦？」

「聽說現在高考，也像運動員一樣，不能吃補藥，若是檢查出來，就要取消考試資格！」

冬梅極意外：「有這個規定嗎？我怎麼沒有聽說過？！」

旭陽這才噗哧一笑說：「媽！我也是跟妳鬧著玩的。」

冬梅這才知道受騙，手指了指旭陽：「調皮！」

「媽！人蔘很貴的，哪裡來的？」

「我替人接生，人家送的。」

「好！媽媽受賄！」

「當時我是拒絕了，後來他偷偷放在我包內，到家裡才發現，我心裡想，等我寶貝兒子考大學，補一補也好。」

「那這樣說起來，我不也是同流合污了？」

「好了，不要鬧了。」冬梅拿起小瓶人蔘湯說：「這人蔘分兩天，早晨考前喝，這些滷蛋和鳳爪，是讓你當點心吃的，這些金華餅是你的乾糧。」

旭陽嘴饞的，拿雞爪吃著。

「好吃嗎？」

旭陽點點頭，模糊應著。

「考兩天吧？」冬梅問說。

旭陽點頭，又取滷蛋吃著，吃太快噎著了。

冬梅連忙倒水遞給他喝，又替他拍背。

旭陽連聲稱讚：「好吃，好吃，太好吃了。」他調皮地爬上床，翻了個跟斗。

冬梅看腕表：「快十二點了，今天夜裡不准再看書了，養足了精神，好明天上戰場。」

冬梅開心笑著：「這個孩子！這個孩子！」

「媽！妳答應我一件事！」

「好！你說！」冬梅不知什麼事。

「明天一早，妳就回家吧，免得我分心。」旭陽一本正經說。

冬梅一怔：「我是特別趕夜車來陪考的。」

「媽！妳聽我說，那些陪考的，都是嬌生慣養的孩子，妳的兒子窮苦出身，富有獨立作戰精神。」

冬梅怔了一下，才說：「好，好樣！媽聽你的，我去洗手間一下，你先睡吧！」

冬梅拿了小包開門出。

旭陽坐下，看照片又看書。

過了一會，一手把書拿開，原來是冬梅。

「聽話，早點休息，明天早一點起來，早起的鳥兒有蟲吃。」

「也有人說：早起的蟲兒被鳥吃。」

「那些蟲兒不是早起的，是浪蕩一夜，沒有睡覺。」冬梅反駁說。

旭陽歪頭，表示贊同。

冬梅替兒子收拾書本，旭陽打著哈欠，上床臉朝內側睡。

冬梅替他在腰間蓋了薄毯，然後坐上床，頭靠在牆上，替旭陽搧扇，並輕哼著兒歌：「孩子，睡吧！不要擔心，不要害怕，媽媽在這裡呢！夢的世界是美麗的……回憶旭陽少年畫面，冬梅也打著盹，醒來又搧，又唱：裡面有鮮花在園中開放，裡面有碧草，在地下乘涼…」

旭陽均均的鼾聲起。

冬梅輕輕下床，找了旭陽衣褲，看了看，有個地方脫線了，她連忙拿起針線，縫著。

次日大考的日子，來往的人群，非常熱鬧。

冬梅送旭陽上公車。

「考試東西都帶了嗎？」冬梅詢問。

旭陽點頭。

「准考證最要緊。」

旭陽檢視。

「筆？」

「帶了。」

「兒子！看你的了，祝你金榜題名！」

旭陽作了個希特勒舉手靠腳跟禮。

公車來了。

旭陽向母揮揮手：「媽！妳走吧！我考完就回來。」

冬梅含淚揮揮手。

旭陽上車還回頭看母親搖手。

公車開走了，冬梅注視著，直到那輛公車走遠，走遠。

素素在籬笆前晾衣服。

冬梅自上海回來。

素素一見就高興招呼：「蔣媽媽回來了？旭陽不是要考兩天？」

「這孩子不讓我陪，說我在那邊，他會分心，對了，妳爸病好一點沒有？」

「還沒？」素素答。

「我去看看。」冬梅是個勞碌命，關心孩子，又關心鄰居，她走入丁家院子。

老丁靠在床頭輕輕哼著。

冬梅走近。

「爸！蔣媽媽看你來了。」

老丁睜眼看了一下，又閉目。

「老丁！怎麼還沒好？」冬梅摸他額。

「嗯，熱度不低。」冬梅說。

「早上我量過體溫三十八點九度。」

「那去衛生所看看吧。」

「我爸像小孩一樣，最怕打針。」

「那就找中醫舖老大夫看看。」冬梅說。

「爸！我去找老大夫。」

老丁揮揮手，表示同意。

「有病不能拖，素素！妳快去吧！」素素與冬梅同出。

一般習見的中藥舖，蔣旭東正在搗藥。

素素進來，旭東意外：「妳怎麼來了？」

「我爸的病還沒有好，你媽說，想請老大夫去看一看。」

「真不巧，老大夫有事出去了。」旭東說。

素素有點為難：「那，那怎麼辦？」

「你爸爸不去衛生所？」旭東問說。

「他怕打針，不信西醫。」素素回說。

旭東笑了笑：「太好了，他是我們中醫同志，嗯，這樣吧！我去看一下怎麼樣？」

素素疑惑：「你，你行嗎？」

「不要瞧不起人，妳將來還要靠我吃飯。」

素素還是遲疑不定：「我是說……」

「我已經學中醫六年了，把脈、開藥方，普通毛病是可以對付的。」

素素考慮俄頃說：「好吧！那就麻煩你了。」

「你在門口等一下，我把自行車推出來。」旭東向內招呼了一下，即與素素同出。

旭東騎自行車，帶藥箱。

素素坐在後座，吃甘蔗，不時伸過去讓旭東咬一口，兩人極為親蜜，不意有頭水牛擋在路當中，旭東想避開水牛，車一搖，車倒，兩人摔在地上。

旭東四望無人，索性抱著素素親吻。

素素迅速起來，裡著頭髮：「你壞死了，趁火打劫。」

旭東亦站起，感情地說：「素素！我好想妳，好想妳！」

素素坐上車，頭依在旭東背上。

旭東享受一會，懶洋洋踏著車子行走。

老丁仍斜躺在床頭閉目養神。

素素、旭東提了藥箱進來。素素問：「爸！現在怎麼樣？」

老丁搖了搖頭說：「氣悶，頭暈，全身酸痛。」

「噢！丁伯伯！那是蠻嚴重的。」

老丁睜開眼是蔣旭東，臉色立變：「我叫妳去請老大夫。」

「老大夫有事出門，恐怕很遲才能回來。」素素回答。

「我怕丁伯伯的病耽誤，所以先來看一看。」旭東補充說明。

「妳是個赤腳醫生，懂什麼？」老丁不信旭東。

「爸！蔣大哥學中醫六年了，普通毛病也能看了，讓他試試好不好？」

老丁閉了一會目，望了望旭東，又閉目，內心掙扎。

旭東尷尬，站在那邊。

素素求著：「爸！」

老丁無奈，只好說：「我聲明在先，你看可以，我不會付費。」

旭東與素素互望一眼。

「丁伯伯！我不但不收你的錢，也免費供藥。」

旭東打開藥箱，取出聽診器，為老丁聽診，再用竹片壓舌，又抓起老丁右手把脈。

老丁問說：「怎麼樣？」

「舌苔很多，脈搏跳動快速，恐怕是得了風寒重感冒。」

「你，你能治嗎？」老丁還是不放心。
「丁伯伯放心，肯定藥到病除，素素！我馬上回去配藥。」
旭東提起藥箱走出。

冬梅忙著炊事。
旭東吹著口哨進來。
莫依拉了拉母親衣說：「哥今天回來特別高興?!」
「媽！我替丁伯伯看病了。」旭東愉快說著。
莫依：「原來如此。」
冬梅梅笑了笑：「他樂意讓你看？嗯，這倒是一個好機會，希望他留下一個好印象，病情怎麼樣？」
「重感冒，誤了幾天，服了我的藥，肯定藥到病除。」
莫依玩笑說：「蔣大夫！恭禧了！」
旭東抱拳道謝：「謝謝！」
桌上擺了粗菜淡飯，他們吃著。
「媽！旭陽情況怎麼樣？」旭東問著。
「企圖心旺盛，這孩子最有獨立精神，把我趕回來了。」冬梅頓了頓又說：「嗯，我們幾個孩子，你呢？已能把脈開方，莫愁這次可能出線擔任主角，旭陽對考試志在必得，莫依的蘇繡，也日有長進，就像是雨後春筍，都要冒出土了。」

莫依低下頭說：「媽！只有我最沒有用。」

「胡說，行行出狀元，也許有一天，你最有出息。」冬梅說。

羅家呢？永娟和老搭子搓麻將。

友甲：「永娟今天不是你寶貝兒子、女兒高考最後一天？」

「沒錯。」

「妳沒有去陪考？」

「要我在考場外面煎熬一天，我才不幹。」

友乙答腔：「我贊成，孩子又不是沒有斷奶，二十歲的人了，難道不會照顧自己？(對友甲)不像妳永遠對孩子牽腸掛肚！」

友甲：「話不是這麼說，這表示父母對子女的關心，以前我老大高考，碰巧我不舒服，我不是賠了兩天。」

友乙反駁：「結果送醫院打點滴。」

友丙也發言：「兒女自有兒女福，想開一點吧！永娟！妳福氣真好，看妳這麼年輕，就有兩個上大學的孩子了。」

「現在還言之過早。」永娟倒是蠻謙虛。

友丙打出一張牌。

永娟攤牌說：「胡了。」

她們洗牌、砌牌，友丙說著：「有妳這個精明能幹的母親，兒子、女兒還怕考不上大學嗎？」

「兩個孩子聰明，沒有用在書本上。」永娟說了實話。

友甲：「對了，踏進大學之門，是不容易的，妳準備子女怎麼獎賞？」

「孩子的爸已答應他們，舉辦一個慶功舞會。」

友乙：「那我們也要賀一下。」

「若是雙雙金榜題名，我在最大的飯店開一桌，滿漢全席。」

友乙大叫起來：「好，太好了，我們三個都聽到了，到時妳可不能賴皮！」

永娟看了手錶：「唷！打牌時間過得真快，快五點了，他們也該回來了。」

正說著，小軍、小娟進來。

永娟首先發問：「回來了？！考得怎麼樣？」

「差強人意吧！」小娟答。

友丙：「你聽，多謙虛。」

永娟打出一張，一邊說著：「八條！誰要？」

友甲攤下牌：「胡了！滿貫！」

永娟怔住，變色：「都是跟妳們說話，閃神了，走吧！走吧！」永娟生氣地揮揮手。

旭陽提了大袋，自外回來，正要推門入屋。

那邊丁家院子，崔英在門口大叫著：「江冬梅！妳快來，妳兒子把老丁害死了！」

素素：「爸爸！爸爸！」哭叫聲也傳來。

旭陽一怔，止步。

素素神色慌張，自內奔出，看見旭陽打了招呼：「旭陽！你回來了？」

「什麼事？」旭陽不解。

「我爸上吐下瀉，暈過去了，我要去找老大夫！」

「噢！那跟我哥哥有什麼關聯？！」

「等我回來再說。」

崔英又在門口大喊：「你們快來呀！江冬梅的兒子，把老丁害死了呀！」

旭陽一臉不快，大聲回應：「妳瞎叫什麼？我媽大概還沒有下班！」

崔英一臉怒容。

老丁斜靠在床頭。

老大夫替他把脈。

旭東驚魄不定，呆在那邊。

素素拿冷毛巾蓋在老丁額頭。

這時冬梅匆進：「什麼事？什麼事？」

「妳終於出現了，我以為妳做縮頭烏龜，不敢露臉呢？」

冬梅望了她一眼，忍氣吞聲。

素素連忙來解釋：「我爸服了蔣大哥配的藥。第一貼還好，第二貼服了後，突然上吐下瀉，人也暈過去了，剛好大表姑來了。」

「江冬梅！我提醒妳，若是老丁有個三長兩短，咱們法院見！」

老大夫對崔英不滿，損了她一眼。

老大夫：「素素！這個人是誰？」

「大表姑。」素素答。

「說話這麼刺人！」

「老大夫…」崔英想解釋。

老大夫手一攔說：「我在看病，妳再吵、我就清場。」

崔英這才止聲。

老大夫對冬梅說：「剛才服了止瀉藥，病情已控制住了。」

「噢！」冬梅鬆了一口氣。

「老丁！我常買你的魚，也算是老主顧了，你老實說，現在怎麼樣了？」

「感覺舒服多了，老大夫啊！你教得好徒弟，她要害死我呀！」老丁有氣無力說著。

旭東一臉無辜。

「你們往日有仇？近日有冤？」老大夫問說。

在一旁的崔英搶著說：「他打素素主意，老丁沒有同意，懷恨在心！」

老大夫又損崔英一眼：「妳是老丁的代言人？」

崔英只好閉嘴。

「丁伯伯！我巴結你都來不及，怎麼會害你？」旭東低頭說。

冬梅這才說了話：「旭東為人忠厚老實，老丁就是拒婚，旭東也不會做出這種事來！」

「說的比唱的好聽，可是事實如此，賴也賴不掉！」

旭東急了，舉起手大聲說：「我可以發誓，我若是有這種心眼，天打雷劈！」

「老大夫！旭東是你徒弟，我不希望你護短，請你當著大家的面說清楚，是不是旭東診斷錯誤？！」冬梅說。

「大致沒有。」

「那是不是藥方開錯了，還是藥引子出問題？」冬梅質問。

「我仔細查證過了，旭東是對症下藥，只是……」

大家靜靜聽著。

「只是份量稍微加重了一點。」

旭東說：「師父！是因為丁伯伯的病，已拖了幾天，我為了治好他，為了立即見效，所以特別加重一點點。」

崔英一聽抓到話柄，立即搶著指責：「毛病就出在這裡，一個上了年紀的人，怎麼受得了？」

「這也不盡然，中藥藥性中和，多一點、少一點，不會引起驟變。」老大夫說。

老大夫思考，眾人望他。

冬梅提出建議：「大夫！要不要檢視一下老丁的糞便？」

「嗯，這個建議很好，素素帶我去看看。」

素素望了望冬梅。

冬梅頷首。

素素引老大夫，旭東入內。

現場只剩下冬梅、老丁、崔英，場面尷尬。

冬梅望了崔英平和地說：「崔英同志！什麼時候有空，到我家坐坐。」

「幹什麼？」崔英答。

「妳好像對我有什麼誤會，我要向你解釋一下。」冬梅說。

「沒有必要。」

「不，有這個必要。」

「老丁不是外人，有話妳就說吧！」崔英說。

冬梅考慮了一下，平和地說：「吳力吳院長，是我的學長，改變不了的事實，這許多年經常來往，很照顧我，也是事實。」

崔英看了冬梅一眼。

冬梅繼續說：「我對他並沒有妳想像那種心思，甚至多次，還不定期替妳說了好話，希望有機會，能撮合妳們。」

崔英不信，哼了一聲。

「可是一個落花有意，一個流水無情，我有什麼辦法？崔英同志！我奉勸妳，光打翻醋罐子是沒有用的，妳要改變作風，付出愛心，使吳院長回心轉意。」可以說冬梅確實用心良苦，善意規勸，可惜崔英並不領情。

「那這樣說起來，我還得感謝妳喲！」

「感謝不敢當，以後對我不懷敵意，我就阿彌陀佛了。」

老丁嘿嘿譏笑了一下。

崔英怒目望老丁：「老丁！我是在幫你，你幫誰？死鬼！」

這時老大夫和旭東素素回來。

老大夫問老丁：「老丁！素素說，你在服第二貼藥後，吃了水果對不對？」

老丁點頭：「我嘴巴苦，吃了水果。」

「哪種水果？」素素將水果交給大夫，（避免何種水果）

老大夫看了看叫了起來：「病因找到了！」

「師父是說：」旭東不解。

老大夫指了指用報紙袋裝的水果說：「這種水果，剛好與服下的藥相剋，而水果又不新鮮，更促成相剋因素。」

崔英訝異：「呃！水果是我前幾天送來的，怪來怪去又怪在我頭上了。」

老大夫解釋：「不，水果沒有錯，服的藥也沒有錯，是兩者之間的時間配合的不對，所以才出問題。」

冬梅與旭東互望。

「爸！你錯怪人了！」素素說了話。

崔英手指素素頭：「妳啊！心理就是偏向蔣家了。」

突然旭陽進來，對著崔英厲聲說：「以後少在這裡煽風點火！」

冬梅喝止：「旭陽！她是長輩，不得無禮！」

旭陽怒目望了崔英一眼，轉身走出。

崔英氣得面紅耳赤，大叫著：「你們看！你們看！這是有家教的孩子嗎？我幹嘛在這裡自討沒趣！哼！」

崔英也掉頭走了。

（二十九）

冬梅及旭陽回到家中，各人心中還是有點生氣。

「哥！你真是好事多磨！」旭陽說。

「我本來是想藉這個機會，拍拍馬屁，表露一下身手，以證明自己醫道高明，想不到適得其反，真是倒霉！」」旭東說著。

冬梅安慰：「也用不到生氣，古人說過"不經一事，不長一智"今後要吸取這個教訓。」

「媽是說：除了對症下藥，還得服食物是否相剋，告訴病人，以免重踏覆轍。」

「對了！」冬梅這才面對旭陽問說：「旭陽！考得怎麼樣？」

「還不是很理想，不過我已經盡力了。」旭陽回說。

「那就好，只要盡了力，成敗得失，那就交給老天爺了，旭陽！這許多日子你辛苦了，明天媽去買隻雞，替你補一補。」

「謝謝媽！」

冬梅、旭陽在院子殺雞拔毛。

小軍、小娟、錢芳帶了禮物，瘋了過來。

小軍、小娟大聲叫：「舅媽！表弟！」

冬梅驚喜地站了起來。

「哎喲，稀客來了，你是小軍、妳是小娟，兩年不見，長得這麼高了！」

冬梅似不信，打著轉仔細欣賞他們。

小軍油腔滑調笑說著：「不錯，如假包換的外甥、外甥女。」

冬梅：「真是沒有想到，你們兩人長得這麼體面。」

小娟手指者旭陽：「表弟才是英俊呢！」

旭陽始終兩手交叉在胸前笑看著。

小娟伸了伸禮物：「舅媽！我爸媽要我們問妳好，這點禮物也是爸媽要我帶來的。」

冬梅笑著說：「你們來，舅媽已經很高興了，還帶這麼貴重的禮物，真是的。」

冬梅放下禮，才發現旁邊還站著一位美女：「這位是……」

小娟：「哦，妳看我忘了介紹，這位是上海市的名媛錢芳小姐，表弟在上海見過。」

「伯母好！」錢芳招呼。

冬梅打量她：「好，好，真是美人胚子。」

「哪裡，聽說小娟兩個表妹，也很漂亮。」

冬梅：「我們是鄉下人，哪裡比得上小姐妳這麼高貴。」

旭陽一直站在旁邊傻笑。

「這孩子，還愣在這裡，還不招待客人。」

錢芳主動伸手與旭陽相握：「你好！歡迎嗎?!」

旭陽腼腆：「歡迎！歡迎！」

小娟與冬梅耳語，冬梅訝異而驚喜注視錢芳。

小軍拉起旭陽手說：「表弟！你不告而別，臨陣脫逃，今天要罰你。」

旭陽：「對不起，那天真是失禮了。」

「小軍！小娟！家裡太小，就在院子裡歇一會吧，旭陽我們來搬桌椅。」

冬梅與旭陽提了禮物入內。

小軍、小娟、錢芳在院子四望。

素素在籬笆那邊微笑望著。

小軍說：「這個女孩長得好秀氣。」

小娟提醒：「別打亂主義，聽說她是旭東的女朋友，素素。」

他們走近籬笆，小娟問說：「妳是素素？！」

素素微笑點頭：「妳們是⋯」

小軍回說：「我們是旭東的大表哥、大表姊。」

「哦，你們是上海來的。」

冬梅和旭陽已搬來小圓桌、椅子。

「素素！快來幫忙。」冬梅叫著。

素素連忙過來，與冬梅一同整理桌椅。

冬梅鋪上小花台布，素素端上杯子冷飲。

「坐！請坐！」冬梅招呼。

他們坐下，小軍掏香菸，遞一支給旭陽。

旭陽搖搖手，小軍自己點菸吸著，環顧四周。

小軍感嘆：「這一帶景色真美。」

「嗯，確實景色宜人。」錢芳也說著。

小軍望錢芳：「光是景色嗎？」

錢芳瞪他一眼。

「哥最死相，一來就開玩笑。」小娟說。

素素幫忙拔雞毛。

小娟：「舅媽！妳是知道我們要來？！」

「那倒不是，旭陽辛苦了幾個月，我本來打算殺隻雞，替他補一補。」

小軍笑了笑說：「那是我們有口福了。」

「你們這次也參加高考嗎？」冬梅問說。

小娟回說：「考過了。」

「妳們一定比我們旭陽有希望。」冬梅說。

「一切交給上天，取，有幸，不取，是命，老實說，我爸沒有上過大學，還不是依樣很風光。」

冬梅一怔：「那是，那是！」

小軍菸蒂用中指一彈，彈得遠遠地，站起對旭陽說：「表弟！錢芳很少來鄉下，他一直誇這兒風景好，景色宜人，帶我們觀光觀光如何？」

旭陽考慮俄頃說：「其實鄉下沒有什麼好玩的，河邊可以釣魚，你們有興趣嗎？」

小娟興奮相應：「好耶，我最喜歡釣魚了。」

旭陽望素素：「素素！能不能借兩支魚竿？」

「好！我去拿。」素素走入隔壁。

錢芳一個人走開望四週。

小娟暗示旭陽，過去陪錢芳。

旭陽走過去，腼腆站一旁。

還是錢芳先招呼：「你考得怎麼樣？」

「馬馬虎虎！」旭陽答。

「謙虛，我希望你考上。」

「那妳呢？」旭陽反問。

「整日和他們一起玩樂，除非評分老師瞎了眼，旭陽！今天是我吵著要來看你的。」

旭陽低頭未語。

「自從上次見了一面，我一直想跟你單獨談談。」

「為什麼？妳的男朋友一定很多。」

「你和上海的男孩子不一樣，不會奉承女孩子，甚至有點孤僻，不通人情，可是我就是喜歡。」

「那妳有神經病。」

錢芳仰頭一笑。

這時小軍、小娟也走來。

小軍問說：「喂！妳們什麼事這麼好笑？」

突然大型摩托車聲音傳來，瞬間一個帶機車帽，一身花襯衫的青年，把車停在院子門口，青年取下帽。

錢芳臉色大變：「呃！李強！」

李強走到錢芳面前，厲聲問說：「錢芳！我約妳見面，妳說家裡有事，怎麼跑到鄉下來了？」

「你管得著嗎？」錢芳也厲聲回說。

李強說：「我是管不著，大家都是朋友，來鄉下玩，為什麼不通知一聲？」

想不到錢芳回說：「老實告訴你，我討厭看見你！」

李強被激怒，想過來抓錢芳手臂。

小軍立即上前說：「李強！我們是來做客，你不要胡鬧！」

李強不理小軍，仍然逼問錢芳：「你看上小軍的表弟了，對不對？」他大叫著：「喂！誰是蔣旭陽？！」

旭陽一直站在錢芳身旁，心中早就不滿，但因他是客，始終忍耐無聲。對方點名，他才面對李強說：「是我，有何指教？」

李強怒目瞪了一眼，就出拳打在旭陽鼻子上。

旭陽摀鼻，鮮血染了上衣。

冬梅連忙跑出介入：「你怎麼這麼魯莽？動手打人？」

旭陽被激怒，抹了一下鼻血，正樣衝上，被冬梅抱住：「旭陽！不要打！不要！」

「媽！眼睜睜看人欺侮嗎？我要跟他拚了！」旭陽怒目說。

李強退一步握拳叫著：「你來！你有種過來！」

錢芳哭喊著：「不要打了！不要打了！」

小娟也大叫：「不要打了！丟人！」

這時王大有經過問說：「什麼事？什麼事？」

「把那個孩子拉走，他打傷了人。」冬梅連忙說明。

「你們是哪裡來的？在這裡撒野？」他怒目走近李強。

李強想反抗，王大有練過功夫，一交手就把李強制伏了：「到派出所去！」

錢芳叫著：「慢點。」

大有押李強止步。

錢芳走過去，給了李強兩個重重耳光，然後扶著旭陽入室。

李強怒目，吐了口水，由王大有押走。

旭陽斜靠在床頭，鼻樑放了濕毛巾，鼻血已止。

冬梅替旭陽換了濕毛巾。

錢芳一臉歉意：「伯母！對不起，真對不起！」

冬梅看了她一眼說：「妳們是來做客，我們非常歡迎，但這樣鬧事，就不大好。」

「太丟人了！太丟人了！」

「這孩子什麼人？這樣野蠻？」

「都是我們一起玩的，他迷上錢芳，錢芳根本看不上他。」小軍說。

旭陽苦笑了一下：「一早起來，右眼就跳，果然出事。」

錢芳抓旭陽手：「對不起嘛！」

「我學過跆拳，我不是誇口，他根本不是我的對手。」旭陽說。

「忍，做人有時候要忍耐。」冬梅說。

小娟說：「李強平時不錯的，想不到會出這種事？」

「他父母幹什麼的？」冬梅問說。

「整日忙著做生意，前幾天離了婚，對了，大概是父母離婚，才心情不好。」小軍分析著。

「嗯，有這個可能。」冬梅說：「你們坐一下，我去派出所一趟。」

「舅媽！我們陪妳去。」

「也好。」

冬梅偕小軍、小娟步出。

錢芳望著旭陽，心痛不已，終於撲在他懷裡哭了。

旭陽兩手放腦後閉目。

派出所會客室，小軍、小娟陪著冬梅等待。

少頃，警察把李強帶出來。

警察說：「這是蔣旭陽的母親，你把他兒子打傷了，他還來保你出去，你應該感到慚愧。」

李強向冬梅行禮：「伯母！對不起！」

冬梅過去理理他頭髮：「聽說你父母剛離婚，你心情不好。」

李強看了一眼，又低下頭說：「早上我喝了點酒，我去找錢芳，她又欺騙我，所以⋯」

冬梅笑了笑：「所以我兒子變成代罪羔羊？」

李強也嘴角笑了一下，未答。

「太野蠻了，現在是文明社會，重在溝通，動不動伸拳頭，那是要吃苦頭的。」

李強低下頭，足尖動了動。

冬梅又說：「小軍、小娟知道，我兒子學過跆拳，你根本不是他的對手，不是我攔著，你早就躺在院子裡了。」

李強望了望冬梅。

「你不相信？！」

李強搖頭。

「我看你本性不壞，所以我瞞著我兒子來保你，希望你以後不要惹事生非。」

李強點頭。

「父母離婚可能影響你的心情，退一步，你也要替他們想一想，在一起天天吵，夜夜吵，不如分開的好，分開也許會成為朋友，你還年輕，不懂得大人內心世界，不過他們分開了，也仍然是你的父母，這是改變不了的，你擔心什麼？」

李強眼紅了，哽咽地說：「我媽從來不懂這些道理，她只是罵我沒有出息，我，我，啊！」他一時控制不住，竟掩臉大哭。

冬梅像帶自己孩子一樣，把他的頭，依在自己肩上，輕輕拍他背：「這麼大人了，還這麼孩子氣，快把眼淚擦了。」

李強擦淚哽咽地說：「伯母！我能常常來看妳嗎？」

冬梅含淚點頭：「可以，但今天不行，你去把車騎走吧！」

這時小軍才走過去，在李強胸前打了一個空拳，又摸了摸他的頭。

冬梅向警察致謝：「謝謝！」

李強向警察行鞠躬禮，然後一行走出。

蔣家熱鬧了一天，客人走了，家人分別洗碗、擦桌，搶著做家事。

莫依望了望旭陽說：「二哥，你是因禍得福，你看千金小姐錢芳對你多體貼，一下夾菜、一下添飯，還說要留下來幫忙洗碗。」

「妳聽她的？我看她自從出娘胎，也沒有洗過碗。」旭陽說。

「不管怎麼說，她能這樣表示，已經不容易了。」冬梅贊同莫依意見。

旭東笑著說：「旭陽！恭禧！想不到才去上海幾天，就被邱比特的箭射中了。」

「這是所謂千里姻緣一線牽。」莫依又說。

「那個李強一拳打得好，打得事情明朗化，塞翁失馬焉知非福。」旭東還是開著玩笑。

「塞翁失馬焉知非禍？！」旭陽唱反調。

突然莫愁提了包包，一邊走來一邊問說：「什麼事？福啊，禍的？」眾人一看驚喜。

莫依一把拉著莫愁說：「姐！妳怎麼不早一點回來？今天家裡可熱鬧了。」

莫愁四望：「來了客人了？」

「表哥、表姐，還有…」莫依看旭陽。

「還有誰？嗯？」

「還有二哥的女朋友。」莫依索性漏了底。

莫愁疑惑地說：「嘿，才幾天不見，二哥就有女朋友了？」

「也不是什麼女朋友，是小娟他們的玩伴。」旭陽紅著臉解釋。

冬梅見女兒歸來，連忙問說：「莫愁！妳們的戲排得怎麼樣了？」

「大後天公演。」

「姐！真的？！」莫依興奮地又拉了莫愁的手。

「太好了，媽！旭陽已高考了，等待放榜，大後天剛好是星期六，莫依不必上班，我呢？可以請一天假，我們全家去捧場。」旭東建議。

冬梅考慮一下說：「好，就這麼決定。」

大家興奮望著莫愁，莫愁卻手摸喉嚨，一臉愁容。

「莫愁！妳是哪裡不舒服？」冬梅關心問著。

「喉嚨痛。」莫愁答。

冬梅摸莫愁額頭：「是不是感冒了。」

「有一點點。」

「可要小心，這是多年的期盼。」

「妹妹！我去配一貼潤喉藥來。」旭東說。

「不要輕易服藥，我看等一兩天再說，妳唱一句戲曲，我聽聽。」冬梅說。

莫愁輕輕唱了一句，喉嚨有點沙啞。

冬梅立即勸莫愁：「這兩天不要練唱了，讓喉嚨好好休養。」

旭陽：「媽！不要擔心，吉人自有天相。」

夜已深了，眾人熟睡，只有冬梅念著莫愁，她輕輕起床，走近莫愁，摸她額。

莫愁驚覺醒來，抓住母手。

冬梅問說：「怎麼？喉嚨還痛不痛？」

莫愁：「有一點痛，媽！恐怕不能演出了。」

冬梅內心也極為擔心，但語氣溫和地說：「不要急，等天亮，去找衛生所徐所長看看。」

徐所長在替莫愁檢查喉嚨。

冬梅在一旁注視。

徐所長檢查畢，皺眉。

「所長！怎麼樣？」冬梅關心問著。

「急性發炎，本來這不是大病，但是在一兩天就痊癒，恐怕不大可能！」

「這，怎麼辦？」冬梅內心有點急。

「我先替她打一針消炎針，再配點藥服服看。」

「噢，所長，還注意什麼？」冬梅又問。

「避免吃辣椒的東西，尤其冰冷的飲食少吃，多休息。」

「後天能演出嗎？」

徐寬考慮俄頃答：「我看很難。」

莫愁用輕聲沙啞的聲音說：「媽！妳去掛個電話給閻老師，告訴他我的情況，能不能延後公演？」

冬梅：「好，我這就去。」

劇團接到冬梅的電話後，領導周團長立即召開緊急會議。

各個臉色凝重。

老師甲：「這個玩笑開得太大了，後天要演出，卻出了這個狀況。」

老師乙：「小姑娘壓力太大，排戲時演唱太認真，導致喉嚨急性發炎。」

老師甲又說：「閻老師經驗老到，排戲時應該想到這些問題。」

「是，是，是我疏忽了。」閻老師萬分抱愧，接受各位指責。

「這個時候責備誰都無濟於事，我找各位來，是研商解決之道。」

周團長慎重說著。

老師甲：「程鳳英病了，由蔣莫愁抵補擔綱，現在蔣莫愁又出了狀況，那只有公演時間延後！」

「不行！」周團長一臉無奈說：「戲院檔次以排妥，各機關領導的招待券已送，而票已預售一空，我們不能對不起這些熱情的觀眾！」

老師甲：「那怎麼辦？」

周團長望著閻老師：「閻老師，你說說看。」

「其實我心底早有預備，也暗中排練過，萬一不行，只有換劇目。」閻老師回說。

周團長立即裁決：「好，這是一個沒有辦法的辦法，由劉金鳳擔綱演出，第一：請閻老師通知蔣莫愁，趕快趕來上海，上海究竟醫生比較多，緊急治療。第二：到明天中午以前，蔣莫愁嗓子不能復原，馬上招待記者，變更劇目，由劉金鳳擔綱演出〝碧玉簪〞散會！」

莫愁在內間休息。

冬梅站在窗前，一臉愁容，望著窗外。

敲門聲傳來。

冬梅去開了門，吳力提了禮物進來。

冬梅意外：「學長！是你？！」

吳力已是縣醫院院長，帶了金邊眼鏡，衣著也比較考究：「王鄉長王大有通知我，我就趕來了，孩子呢？」

「莫愁在裡面休息，其他的去辦事了。」冬梅說。

吳力關心地問說：「莫愁喉嚨好一點嗎？」

「非但不好，而且越來越嚴重。」

「看過耳鼻喉科？」

「徐所長看過，上午到上海，又去掛了急診，針也打了，藥也吃了，就是不見效，學長！我真擔心。」

吳力同情地拍了拍冬梅肩。

「什麼時候演出？」吳力問說。

「明天晚上，孩子是希望能延後，不知道劇團同意不同意？」

吳力面色凝重：「唉！怎麼會有這種事？」

冬梅哽咽地：「學長！我真懷疑，是不是我做錯了什麼事？老天爺在懲罰我。」

吳力走過去，想擁她，安慰她。

冬梅及時躲開，拭淚倒茶。

正這時閻老師到來。

冬梅替他們介紹：「這是醫院吳院長，這是劇團閻老師，他對莫愁很照顧。」

他倆握手。

冬梅又到了另一杯茶，遞給閻老師。
「莫愁好一點沒有？」閻老師問著。
冬梅搖頭。
「有沒有其他急救的辦法？」閻老師又問。
「能想到的都想到了，能做的都做了，公演的時間可以延後嗎？」冬梅問說。
「恐怕不能，今天上午劇團召開緊急會議，我還受到批評，有人批評我，排戲時照顧不週。」
冬梅一怔：「那⋯」
「莫愁呢？」
冬梅手指內間。
閻老師考慮轉告開會的結論。
冬梅、吳力望著他。
閻老師做了一個請的手勢，他們走到門口。
「今天上午周團長開會決定的，唉！我實在不好意思說⋯」
「沒有關係，你說吧！」冬梅說。
「由於票已預售一空，延期不可能，所以決定明天中午以前，莫愁嗓子不能復原，只有馬上招待記者，更換劇目，由劉金鳳擔綱演出"碧玉簪"。」
冬梅一怔：「哦？！」

「江同志！這是沒有辦法的辦法，請妳諒解。」

「我明白，我明白，不過這麼一來，對孩子的打擊是太大了。」冬梅變色說。

閻老師眼含淚說：「蔣莫愁是我看她長大的，也是我得意的學生，我也不希望看到這個結果，我不見她了，再見！」

閻老師正要離去，突然莫愁出來，站在他身邊叫著：「老師！」

眾人震驚，冬梅更是意外。

莫愁含淚說著：「老師！剛才你的話我全聽到了，我不會怪任何人，只怪命，命……」莫愁說到這裡突然頭暈眼花，搖搖愰愰，冬梅急忙抱住她大叫：「莫愁！莫愁！妳怎麼啦？！」

眾人關心怔住。

閻老師：「莫愁！老師不知道說什麼好，只希望明天中午以前妳能把病治好，再見！」

閻老師走出。

莫愁轉身關門。

冬梅急叫：「莫愁！莫愁！」

冬梅與吳力推門入。

莫愁趴在床上輕泣。

冬梅坐在床上摸她背安慰。

冬梅：「莫愁！不要難過，還有一夜半天，吳伯伯也在這裡，我們總有辦法想出來。」

莫愁（稍有沙啞）說：「多年希望已成泡影，還有什麼希望？」

冬梅聽出莫愁聲音有異，驚喜地說：「莫愁！妳再說，妳再說！」

莫愁不解坐起：「媽！妳幹什麼？」

冬梅驚喜叫著：「妳聽，妳聽，比以前好多了，這是轉機，這是轉機啊！」

冬梅抱著她高興地搖幌。

「讓我看看妳的喉嚨。」一直站在一邊的吳力，也喜形於色。

吳力有備而來，從箱子裡取出薄片壓莫愁舌頭看：「喉頭炎，漸漸退了。」

冬梅含了淚說：「太好了，太好了，妳哥哥配的潤喉藥，現在正是時候！莫愁！妳陪吳伯伯坐一會，我馬上替妳煎藥去。」

冬梅說著，找出煎藥罐，取一包中藥出。

不久冬梅端煮好的藥，倒在飯碗裡，對莫愁說：「這是最後的希望，試一下吧！張開嘴，讓熱湯蒸妳的喉嚨。」

莫愁低頭照做。

冬梅又在莫愁頭上，覆上一塊毛巾。

正在這時旭東、旭陽、莫依進來，大家叫著吳伯伯。

莫依特別拿起吳力的手說：「吳伯伯！聽說你現在是縣醫院院長？！」

吳力點頭。

「能不能把我的腿完全治好？」莫依說。

「這要時間，還要你的毅力。」吳力說。

旭陽看見莫愁用毛巾覆頭，問說：「媽！這是幹什麼？」

冬梅玩笑說著：「我的新發明。」

吳力也加了一句：「莫愁已經有轉機了。」

眾人驚喜：「真的？！那太好了。」

冬梅：「但願這一貼藥，藥到病除！」

這時莫愁突然拿去覆頭的毛巾，摀肚。

冬梅：「時間還沒到，妳幹什麼？」

莫愁：「我，我好像要拉肚子。」

冬梅又是一怔。

莫愁摀肚入內。

無力看出端倪，對冬梅說：「我看是壓力太大了，才導致喉嚨發炎！」

冬梅點頭站起說著：「孩子們！從現在開始，妳們少跟莫愁接近，我們完全以平常心看待。」

老天爺對冬梅一家，還是特別照應的，果然一天後，莫愁喉嚨痊癒，公演仍然由莫愁担綱演出。

當然，消息傳開，眾親友，無不個個興奮，尤其姑姑一家，更是全家去捧場。

小軍、世廷已穿好西裝，在客廳等候。
少頃，小娟花枝招展下樓。
「媽呢？」小軍問說。
「正在化妝。」小娟答。
小軍叫了起來：「媽！快一點，不然開演了。」
永娟在臥房大聲回答：「叫，叫什麼叫？馬上好了嗎。」
小軍：「媽這個”馬上“至少五分鐘。」
小娟：「五分鐘還算好，我看至少八分鐘。」
羅世廷發話：「小娟！妳去催一下，不然我們先走了。」
「媽！爸爸說妳再不下樓，我們先走了。」小娟大聲叫著。
永娟一身華麗，一邊下樓一邊氣說：「催死催活的，我不是來了嗎？」
她走近，打了一轉，擺個姿態說：「你們看，我這套衣服怎麼樣？」
世廷站起說：「走吧！又不是叫妳去服裝表演。」
「妳總是洩我的氣。」永娟損丈夫一眼。
小娟挽住母親說：「媽這套衣服，一亮相準會壓倒群芳。」
「嗯，只有女兒了解我。」
小軍看手錶：「走吧！走吧！快開演了。」
「急什麼？！第一排貴賓，就是要最後進場。」永娟說。
「我知道媽什麼打算？」

永娟對女兒說：「妳說說看。」

「最後進場，大家的目光，都望著妳了！」

永娟指了指小娟：「妳啊！真是媽肚子裡的蛔蟲。」

世廷搖頭，一行走出。

戲院觀眾席已無虛席。

莫愁飾演賈寶玉，已經化妝妥當，英俊瀟灑，正在補妝。

冬梅走來，一臉笑容說著：「妳姑姑、姑丈、表哥、表姊、錢芳和她父母，還有山東熱饅頭王鄉長、阿美、阿萍、吳院長，他們全到了，更難得在家養病的程鳳英，也來捧場了，還向我道賀。孩子！妳的肚子怎麼樣？」

「還好。」莫愁答。

「為了保險，再吞一片止瀉藥吧！」

莫愁吞藥。

冬梅又叮嚀：「快開演了，千萬不要緊張，放輕鬆，只當台下沒有人，一個人練唱。」

「媽！妳放心，這個時候，我反而一點不緊張了。」

「那好，那好。」冬梅喜形於色。

鈴聲起⋯

文場樂聲起⋯

閻老師推了莫愁一把。

莫愁瀟灑的台步上台，才唱了一句口白：「林妹妹！今天是從古到今，天上人間(唱)是第一件稱心滿意得事啊！

眾人就熱烈鼓掌。

冬梅在幕後偷窺。

只見座位黑壓壓一片，聚精會神看著。

莫愁繼續用甜美的詞句唱下去：「我合不攏笑口，把喜訊接，豎起了指頭，把佳期待，總算是東園桃樹，西園柳，今日移向一處菊，從今後啊！與妳春日早起，摘花戴，寒夜挑燈把謎猜，從此是俏語嬌音滿室聞，如刀斷水分不開，這真是銀河雖寬總有渡，牛郎織女七夕會。」

莫愁優雅的風度與悅耳動聽的唱腔，使眾人動容。

這時吳力走來，向冬梅豎起大拇指。

冬梅激動抓著吳力手，兩人激動愉快的表情。

台上演唱最後一段，如雷的掌聲起，唱畢，莫愁與青衣入內。

掌聲不斷，閻老師連忙推莫愁與青衣出，叫著：「謝幕！謝幕！」

莫愁與青衣復出。

冬梅斜眼看過去，見莫愁與青衣手拉手，向觀眾鞠躬。

小娟及錢芳向二主角獻花。

莫愁與青衣退下。

觀眾仍熱烈鼓掌。

閻老師又推莫愁、青衣出。

閻老師叫著：「再謝幕！再謝幕！」

鼓掌叫好聲不斷，達到最高潮。

冬梅與吳力緊抓了手，激動愉悅。

冬梅幫莫愁卸妝，周圍放了花籃、鮮花。

其他演員在另一邊卸妝。

永娟率小軍、小娟、錢芳進來叫著：「大嫂！恭禧！我姪女一炮而紅了。」

冬梅：「謝謝！謝謝！」

小軍走近獻花：「莫愁！這是大表哥一點心意。」

莫愁站起來道謝。

小娟擠到前面：「莫愁！表妹，妳演得太好了，我這個表姊也沾了光。」

莫愁：「哪裡。」

錢芳也擠到前面對莫愁說：「太轟動了，我爸媽說，今晚慶功宴，由我們來坐東，替妳們慶賀。」

「不行！不行！」永娟連忙搶了說：「妳告訴錢董事長，慶功宴的酒席，我都訂好了，大家一起去，誰都不准缺席。喏！錢董事長和夫人也來了。」

錢芳父母一臉笑容進來，永娟連忙介紹：「這是莫愁的母親，我大嫂。」

錢董：「恭禧！恭禧！」

錢夫人：「我從來沒有看過這麼好的越劇，莫愁太可愛了。」

冬梅連忙說：「莫愁！還不謝謝董事長和夫人！」
莫愁站起道謝：「謝謝！」
錢夫人注視莫愁：「你看！多乖巧，我身邊沒有帶什麼？這個（脫臂上玉鐲）送給妳做見面禮吧！」
冬梅連忙阻：「董事長夫人！這不敢當！」
錢夫人：「噯，我拿都拿下來了，哪有不收之理，來，把手給我。」
莫愁望了母親一眼。
冬梅暗示點頭。
莫愁這才伸出左臂。
錢夫人幫她戴上說：「這個玉鐲跟了我多少年了，上次我一個乾女兒想要，我都捨不得。」
永娟：「唷！那就算送給乾女兒好了。」
小娟、錢芳起鬨。
小娟：「表妹！快叫乾媽！」
錢芳：「對，對，妳就是我的乾妹妹了。」
莫愁又望了母親一眼。
冬梅點頭：「那孩子是高攀了。」
莫愁羞地叫了一聲：「乾媽！」
錢夫人眼紅了，感動了，拉著莫愁不放：「妳看她的嘴多甜，（又指錢董）那是妳乾爸！」

莫愁也叫了一聲：「乾爸。」

錢董當然很高興，笑著說：「好，好，乾爸身邊沒有帶什麼，明天我送你一套新行頭吧！」

莫愁答謝：「謝謝乾爸！」

這時幾位記者擠進來，有電台的，有報社的，也有電視台的。

文字記者：「請問莫愁小姐，妳是第一次演出吧？」

莫愁微笑點頭。

廣播電台記者問說：「請問莫愁小姐，妳演出太成功了，不過聽說妳昨天嗓子還出了問題，若是不能演出，妳做何感想？」

莫愁：「一切用平常心看待。」

電視台記者：「請問莫愁小姐，妳成功了，幕後最大的功臣是誰？」

莫愁想了想說：「嗯，是劇團老師和我媽吧！」

電視記者：「妳母親是哪一位？」

莫愁拉出冬梅：「這是我媽。」

電視台記者正想訪問冬梅，卻被永娟擠進去搶說：「喂！喂！你們是上海電視台吧？！我告訴妳我是莫愁的姑姑，妳們也要訪問我一下。」

後面也有數位記者招著手。

記甲：「莫愁小姐，妳有心上人嗎？」

記乙：「莫愁小姐，我請問妳…」

記丙：「莫愁小姐…」

初中女生也來湊熱鬧，她們想往內擠，因個子矮，跳著、叫著莫愁名。

女生：「莫愁！莫愁！我愛妳，莫愁小姐，替我簽個名，莫愁…」

旭東、旭陽、莫依被擠在一角，高興地望著一切。

次日上海旅館，冬梅在外室整理什麼。

旭東拿著日報進來，叫著：「媽！快來看，日報登著莫愁的消息，還有她的照片。」

家裡成員旭陽、莫愁、莫依全圍過來觀看。

莫依：「姐！妳看妳的照片，好漂亮。」

「看文字，文字怎麼說？」冬梅說。

旭陽搶著報紙一邊看，一邊說：「這篇劇評，評得很好，說莫愁長相俊美，唱腔醇厚動聽，表演真切細膩，贏得觀眾一致叫好，讚譽有加，最後還說：莫愁已一夕之間，成為劇壇耀眼的一顆明星。」

莫依一把抱住莫愁說：「姐！妳成功了！妳成功了！」

冬梅含淚望著女兒。

莫愁撲向母懷。

冬梅撫其髮，因感而訴：「一個藝人成功，要吃多少苦頭，真是所謂”要想人前顯貴，就得幕後受罪。」

住在上海的羅家，當然一早眾人也搶著看報紙。

小娟看報紙，大叫著：「哇！照片好漂亮，評的也很好，莫愁一夜之間成名了。」

「有沒有登我們請客慶功宴的消息？」永娟問著。

小娟搖頭：「好像沒有。」

永娟立即放下臉說：「這個死記者，白白吃了我一頓。」

「我送花的事，登了沒有？」小軍問。

小娟搖頭。

永娟對著子女說：「你們看到沒有？人家成功了，你們呢？替媽爭口氣好不好？」

小娟、小軍互望一眼，低下頭。

世庭這時才開了腔：「馬上高考要放榜了，你們有把握嗎？」

冬梅住家院子，一串長長的爆竹燃放著。

蔣家一家人及素素均在院子裡高興看著。

王大有夫妻帶著禮物來了。

阿美拉冬梅的手，笑著說：「冬梅姐！恭禧！恭禧！」

大有也含笑說：「江師傅！你們家可是雙喜臨門啊！」

冬梅也笑口大開說：「謝謝！謝謝！裡邊坐，裡邊坐！」

羅家呢？永娟丟去報紙，怒目訓子女：「你看看，你們看看，人家榮登上海復旦大學榜首，你們呢？」

世廷也沒有好臉色說：「高考前兩天，還要去跳舞，我說他們，妳還怪我。」

「氣死我了，我的兒子、女兒，一點用都沒有。」

小軍開口了：「媽！其實上不上大學，也沒有什麼關係。」

「怎麼沒有關係？！大學畢業，找工作容易，現在都是講學歷，你爸是有頭有臉的人，我呢？在社會應酬，也有點地位，你們如果不爭氣，我的臉往哪邊擱？」永娟氣說。

「媽！爸也不是大學畢業，還不是一樣很風光。」小軍還是爭辯著。

小娟也答了腔：「對啊！媽恐怕連高中也沒有畢業，女人啊！上不上大學有什麼關係？只要將來找個好丈夫就好了。」

「氣死我了，氣死我了。」永娟站起又說：「蔣家的孩子一個個都嶄露頭角了，老天爺太偏愛蔣家了。」

「怎麼耕耘，怎麼收穫，我覺得老天爺很公平。」世廷一語道破，永娟損了丈夫一眼，對子女說：「你們在家閉門思過，我出去打牌了。」

永娟負氣走了。

世廷嘆了一口氣。

「爸！你放心啦！哥有哥的想法，將來不會比蔣家孩子差。」小娟安慰父親。

兒子考上名校榜首。內心當然很欣慰，但是一想到學費，冬梅仍然心事重重。

這日冬梅一臉愁容，坐在那邊，一邊寫阿拉伯數字，一邊打著算盤。

素素送來一封信：「好像是吳伯伯來的信。」

冬梅看了一眼，放在一邊。

素素看桌面上記著什麼？「這是什麼？」

冬梅說：「我在打旭陽上大學的預算。」

「那要不少錢吧？」

「孩子上進，再苦也要撐過去。」冬梅說。

「家裡還有點事，我走了。」素素辭去。

冬梅這才拆開信看著：「冬梅！欣聞旭陽榮登榜首，著實替妳高興，妳是雙喜臨門，可喜可賀，但是高興之餘，大學四年的學費，也定使妳頭疼的了，我還有點積蓄，若妳需要，我隨時奉上，替我向孩子道賀，專此祝賀，吳力親啟。」

適時來的信，使冬梅感動，也使她為難，她把這封信放在胸前，望著窗外。

這時旭陽推門進來。

冬梅連忙藏好信：「旭陽！來，我們來合計一下。」

旭陽看了看預算說：「我知道媽又在為我上大學的事操心了，媽！妳放心，只要第一學期，媽全部支援，以後我會半工半讀，完成四年大學教育。」

冬梅聽後，感動含淚：「這孩子！這孩子！」

正這時上海錢芳提了大包小包，一頭大汗進來。

冬梅叫了起來：「哎唷！錢小姐！妳來就好了，還提大包小包，這……這……」

「一點小意思。」錢芳用手帕搧風。

冬梅：「旭陽！快開電風扇。」

冬梅端來冷飲：「妳爸媽好嗎？」

「是我爸媽叫我來的。」錢芳又對旭陽說：「旭陽！你金榜題名，小軍、小娟和我都名落孫山，恭禧你！」

他們握手。

錢芳又從皮包取出一個紅包：「喏！這個紅包是我爸媽給的。」

冬梅連忙擋回去：「不，這不敢當。」

錢芳笑著說：「我爸說了，他是獎掖後進，這個紅包一定得收。」旭陽望母。

「那，那尊敬不如從命了。」冬梅說。

旭陽收下紅包，放桌上。

「坐，坐。」冬梅招呼著。

錢芳又轉述：「我媽還說，上大學要花不少錢，我們家住上海，房屋寬敞，為了節省伯母的開支，我們歡迎旭陽住在我們家。」

「謝謝妳媽，這是絕對不可能的。」冬梅說。

「為什麼？」

「這孩子在姑媽家都不願意住。」

「我們現在是親戚了，莫愁是我爸媽乾女兒，乾女兒的哥哥理當照顧。」

「錢小姐！謝謝妳們好意，這件事以後再說吧，旭陽！你陪錢小姐出去走走，我來弄飯。」

旭陽與錢芳走出，冬梅愣了半天，才動鍋子。

錢芳、旭陽走到籬笆牽牛花處，錢芳弄著牽牛花。

「旭陽！我打老遠來看你，你好像不大歡迎似地。」

旭陽淡淡回說：「不會啊！」

「我們交情還不深，我不知道這是不是你的個性？」

「怎麼說？！」

「若是換了別的男孩子，看見我來了，早就又抱又親的。」

「我，我沒有經驗。」

「你以前從來沒有女朋友？！」

「一天到晚想考大學，哪有時間去交女朋友。」

「那我是你生平以來，一百零一個？」錢芳呆呆望旭陽。

「老實說，我不知道怎麼才算是女朋友？」

「你真是一個書呆子，來，我來教你。」

錢芳拉他到隱密處，要他面對面，然後閉上眼，等旭陽吻她。

旭陽笑了起來。

錢芳氣說：「你壞死了，你壞死了。」

錢芳主動吻了旭陽面頰，跑開。

旭陽連忙擦臉。

錢芳故作生氣狀。

旭陽想到她來是客，不宜過分冷淡，走過去摸她放在樹桿上的手背：

「對不起，我真的沒有經驗。」

「自從我認識你以後，你的影子，一直在我腦海中，揮也揮不去。」

錢芳說了心裡話。

「錢芳！妳是不是最近失戀了？」

「笑話，我錢芳會失戀？！追我的人可以編一個連隊。」

「那為什麼對我這個鄉下人感到興趣？！」

「我不知道，我也問過自己，那個傲慢的男孩子，究竟是哪點可愛，穿沒穿著，土里土氣，不通人情，可是我就是喜歡你。」

「那是我的不幸。」旭陽微笑說著。

錢芳也微笑打旭陽：「什麼？我打死你！打死你！打死你這個不知好歹

的東西。」

旭陽突然抓住她，親她的嘴，久久後，丟下她，轉身。」

錢芳呆住了。

「好哇！原來你是個調情聖手！」

錢芳又要打他，旭陽躲。

這時莫愁提了箱子進來。

「錢小姐來了？！」莫愁叫著。

錢芳連忙迎上：「錯，以後要喊我乾姊。」

「好，乾姊！哥！媽在嗎？」

「在屋裡。」叫著：「媽！莫愁回來了。」

冬梅已在門口，接過箱子，問說：「不是要公演？」

「杭州那邊將邀請我們去演出，正在談吧。」莫愁回說。

「妳回來也好，正好陪陪錢芳小姐。」

莫愁笑了笑望著錢芳說：「她還用我陪嗎？嗳？」

錢芳羞地低下頭。

錢家客廳寬敞華麗。

錢董戴眼鏡看報紙。

錢妻步出。

「錢芳呢？」錢董問說。

「不是去蔣家了？！」

「還沒有回來？！」

「這孩子也真怪，自從認識蔣家那個孩子，以後天天念著他。」

錢董說：「聽說蔣家那個孩子，挺有個性，那天莫愁演出，羅世廷請慶功宴，我們雖然同桌，但沒有深談。」

錢夫人望了望丈夫說：「你覺得那孩子怎麼樣？」

「外表看起來，英俊挺拔，應該可以配得上咱們女兒。」

「我也這麼想，這次高考，他又金榜題名，我是越來越喜歡他了。」

錢董拍了一下腿說：「對了，你猜，他會不會答應住在我們家？！」

「應該會吧，有這麼好的條件提供給他，他會拒絕嗎？」

突然錢芳進來，插嘴說：「嗳！他就是拒絕了。」

錢夫人雙眼一瞪：「什麼？」

錢董卻大笑站起：「哈哈，好！好！」

「人家氣死了，你還好！好！」錢芳皺眉。

「這孩子有骨氣，我喜歡！」錢董說。

「那他住哪兒？」錢妻問說。

錢芳答：「住宿舍，他說住宿舍，方便又自在，他連他姑姑家也不願意去住。」

「好！好！老實告訴妳們，我所以要請他來住，是試試他的骨氣，芳兒！什麼時候請他來吃飯，我要好好跟他談談。」

錢董說完步出。

錢芳傻在那邊。

（三十）

今天氣候好，陽光普照，冬梅與素素在院子樹下，剝豆子。

一個中年男子，油頭粉面，面帶微笑，手持一束鮮花，非常謙虛地走進來。

「請問這是蔣家嗎？」他問著。

冬梅連忙站起：「是的，你是……」

中年男子拿著名片呈上，一邊自我介紹：「敝姓呂，名叫照亮，也就是犧牲自己，照亮別人的意思。」

冬梅覺得這個人說話文質彬彬，與一般人不同，乃問：「哦！但不知呂先生有什麼事？」

呂照亮開門見山問說：「請問蔣莫愁小姐在家嗎？」

「在，在，你請坐，我叫她。」

院子剛好還有兩張椅子空著。

呂照亮坐下四望。

素素端來冷飲。

冬梅在門口喊著：「莫愁！莫愁！有人找妳。」

「哦，來了。」隨聲莫愁穿著家服出來。

呂照亮連忙走前，獻上鮮花說：「莫愁小姐！這束鮮花，代表我的敬意。」

莫愁接過花，望他：「先生！你是…」

呂照亮遞上一張名片：「我是通天影視公司經理。」

「通天影視公司？！」莫愁幾乎聽說有這家公司，但不知何事？乃問說：「你是…」

他能言善道，連忙自薦：「本公司主要是專門發掘劇壇新秀，培育明星，像張瑜、叢珊，甚至早期那個光頭反派的大明星顏彼得，都是本公司發掘推薦的。」

莫愁一聽，這些知名明星如雷貫耳，對這個中年人也肅然起敬：「哦！請坐！請坐！」

「謝謝！」照亮坐下，仍然遊說：「蔣小姐是好料，具有大明星的潛力，那天妳一亮相，就艷麗照人，我替你拍了些劇照，請留作紀念。」

呂照亮從袋內取出用鏡框安裝的放大劇照呈給莫愁。

冬梅與素素也看劇照。

冬梅：「拍得很好，謝謝了。」

呂照亮：「我這個人做事一向一板一眼，要是不做，做了就要成功。」

「先生也是攝影家？」素素問了一句。

「不敢當，不敢當，只是愛好而已，下一次我帶照相機來，替各位留個紀念。」

「那謝謝了。」冬梅說。

「現在我們言歸正傳，前個時候，我也發掘一個新秀，叫陳欣欣小姐。」

「我沒聽說過。」莫愁說。

「正在培訓，有一家電視製作中心，看了她的照片，準備提拔她做下檔連續劇女主角。」

莫愁：「不錯嘛。」

呂照亮看了看莫愁說：「不過她比起蔣小姐來，氣質還差一點，若是蔣小姐能跟我合作，說不定這個五十集連續劇的女主角，就落在小姐妳的頭上了。」

「這……」莫愁有點心動。

「哪有這麼好的事？」冬梅質疑。

「有！莫愁小姐現在鴻運當頭，尤其上次越劇公演，一炮而紅，正好打鐵趁熱。」

素素高興地拍手。

「先生的來意是……」冬梅問著。

「對，對，痛快，我喜歡這種開門見山的談話，是這樣的，我覺得莫愁小姐，是個人才，而且目前不管京劇、越劇雖然正在振興，但是我們眼光要看遠一點。電影才是大眾娛樂，拍了電影全國放映，家喻戶曉，那是光宗耀祖。何等風光？」呂照亮口若懸河，說得莫愁怔住了。

莫愁：「這……」

「也許我們素昧平生，蔣小姐對我不夠信任，但是妳看，我有這許多名導演朋友。」

莫愁看名片。

「名導演胡家華，你們認識吧？」

莫愁：「不認識，聽說過。」

「他拍了很多有名的電影，而且年年得獎，他是我的親表弟。」

冬梅也有點被他說動：「噢？！」

「不瞞你們說，這次是他叫我來找蔣小姐的。」

「是胡導演叫你來的？」冬梅還是有點疑惑。

「可不是，他也去看過公演，對莫愁小姐非常欣賞，他正在物色下部戲女主角。」

莫愁被說動，望了望母親。

「莫愁小姐若是妳同意，請於明天下午四時駕臨上海市天天大酒店咖啡廳，跟他見一面。」

「這個，…」莫愁又望母親。

「怎麼樣?莫愁小姐最近很忙，沒有時間?」

「時間是有，我目前正在休息。」

呂照亮爽朗地說：「那好，那好，就這麼說定了。」

「呂先生！我和莫愁研究一下吧！」冬梅說。

「沒有關係，不過我要告訴妳們，一個成功的秘訣，機遇最要緊。」

「那是，那是。」冬梅說。

呂照亮站起：「名片上有我的電話，來與不來，都請通知一聲。」

冬梅莫愁也站起。

冬梅：「用過飯再走吧！」

呂照亮：「不用了，謝謝，再見。」

呂照亮與莫愁揮手，又與冬梅素素握手後辭去。

莫愁思考：「媽！妳看呢?!」

「這種事，我也沒有經驗，不過看他油腔滑調地，小心一點倒是真的。」冬梅說。

莫愁：「他不會說話，怎麼能做星探?」

冬梅「說的也是，他說的對，這是一個機遇。」

「媽，我想去見一面也無妨。」

冬梅思考後說：「這…最好有劇團的人陪妳一起去吧。」

「機會？機遇？機緣？前天有人替我看手相，說我最近有貴人相助，難道那個胡導演，就是我的貴人？！」

「這些江湖話，怎麼能信？」冬梅說。

「可是事實今天就有人找上門來了。」莫愁說。

素素在旁催著：「去吧，去吧，妳公演我都看不到，拍電影我就可以看到了。」

冬梅還是遲疑不決：「再考慮考慮吧！嗳？」

莫愁低頭看自己劇照。

上海市天天酒店咖啡廳，呂照亮坐在那邊喝咖啡，他不時看手錶、吸菸等待莫愁。

冬梅家，冬梅和莫依整理什麼。冬梅突然終止，對莫依說：「莫依！我還是不放心，我要去一趟上海天天酒店。」

莫依望了母親一眼說：「噢！」

呂照亮不停吸菸，菸缸已堆滿菸蒂。

酒店服務生李強過來換菸缸。

呂照亮已等待不耐，站起張望。

這時，一輛的士來到，莫愁下車，整了整頭髮，進門。

呂照亮驚喜招手。

莫愁看見了，走過去，兩人握手。

「抱歉，我遲到了。」莫愁微笑說。

「沒有關係，沒有關係，妳來了就好。」呂照亮也微笑說。

莫愁四望：「胡導演呢？」

「他剛才來電話，說是有一個鏡頭要修剪，他馬上趕來。」

「噢！」

李強走近，見到莫愁一怔。

「咖啡。」莫愁說。

李強退。

呂照亮定睛看莫愁：「妳這套衣服很漂亮，華麗而不俗氣，新潮又兼保守。」

「呂先生對女人服飾有研究？」

「見多了，見多了，嘿嘿，是自己設計的？」

「不，是我媽。」

「哦，妳媽是了不起的女人。」

這時有一批女客進來。

呂照亮站起來：「這裡太亂了，我們到樓上房間去吧。」

「房間？！」莫愁訝異。

「請別誤會！名導演和演員簽約，大多不能公開。」

「報上不是常有報導這種消息？」

「那是簽好以後發布的消息，在簽約時，難免討價還價，甚至有爭執，這是業務機密，房間已訂好了，請！」

莫愁猶豫了一下，點頭。

呂照亮向櫃台要了鑰匙，與莫愁進入電梯。

這是一間寬敞的大套房。

呂照亮與莫愁進入。

「請坐，我再打個電話和胡導演聯絡一下。」

莫愁四望落坐。

服務生李強送熱水瓶進來。

「送兩杯咖啡來。」呂照亮說。

服務生李強退出。

呂照亮打電話：「請胡導演聽電話(稍停)表弟！我是表哥啊，怎麼還不來？蔣小姐已經等得不耐煩了，什麼？做演員要有耐心，這也是考驗她一種方法，好的，好的，我告訴她，那你快點來吧，好！等會見。」

呂照亮掛電話，走過來。

服務生送來兩杯咖啡，辭出。

呂照亮去按鈕鎖門。

莫愁喝咖啡未注意。

呂照亮脫了西裝上衣，瀟灑地說：「蔣小姐，妳聽到了吧，這種名導演，整人不花本錢。」

莫愁笑笑。

他倆喝著咖啡。

「等會見到胡導，不用客氣，該說什麼就說什麼，比方說一部片酬……」

「人家是不是看上我？還是未知數。」莫愁說。

「嗳，這點我可以打包票，是他叫我來找妳的，嗯，以我的經驗，以妳的條件，以妳的知名度，第一部片酬，至少這個數字。」他伸出三個手指頭。

莫愁不解：「三萬？！」

「莫愁小姐！妳也太看不起自己了，我倘是投資拍片，肯定給妳三十萬。」

莫愁幾乎嚇了一跳：「三十萬？！我做夢都沒有想過。」

呂照亮看了看莫愁說：「這樣說吧，開始，是我表弟叫我來找妳的，等我交談以後，我發覺妳是中國有史以來，最有潛力的大明星。」

莫愁有點面紅，用手絹拭了拭嘴唇：「呂先生，你說得太誇張了。」

「不，不，我這個人向來不說假話，這樣吧，若是我表弟沒有誠意，我跟妳簽約，我早想拍一部愛情文藝片，倫理親情，怎麼樣？」

莫愁有點心動：「那要請你多提拔了。」

呂照亮愉快地站起：「好說，好說，嘿嘿，緣份、緣份啦，一切都是緣份，真是有緣千里來相會，無緣見面不相識。」
呂照亮伸出手。
莫愁也站起相握。
但呂照亮不再放開她的手，望她臉：「妳看妳明眸皓齒，面龐白裡透紅，不再是夜裡一顆耀眼的明珠，而是一個嶄新太陽從海面的盡頭升起，升起！」
莫愁高興地說：「呂先生！你應該去做演員。」
「對啊！一句話提醒了我這個糊塗人，我為什麼不自己投資拍片？自己導演兼男主角？！」
莫愁啞笑：「你當男主角？！」
呂照亮夢樣一邊拉起莫愁，似在舞步：「那個時候，我們就可以徜徉在千山萬水之間。」
莫愁驚惕躲開，拿起皮包：「呂先生！請你再跟胡導演聯絡一下，若是他沒有空，下次再說吧！」
「好！好！」呂照亮打電話。
門口服務生李強經過，停步，聽了聽，離開。
呂照亮正在打電話，對方無人接聽，他放下聽筒。
「無人接聽，大概趕來了，小姐！不要急，既來之則安之，這個酒店空調不行，我替妳把外衣寬一下吧。」
呂照亮過來，欲強脫莫愁外衣。

「不要，不要，我不熱。」莫愁拒絕。

呂照亮扯去領帶，正要脫褲。

莫愁這才感到不對，心生畏懼急喊：「你，你幹什麼？」

「跟妳簽約啊！傻丫頭，三十萬、三十萬是那麼容易得的？噯？！」

呂照亮已露猙獰面孔。

莫愁怕的後躲：「你不要過來，你再過來，我要叫了。」

「妳叫吧！這是四樓，每個房間都空著，服務生也吃飯去了，妳就是喊破喉嚨，也沒人知道。」

莫愁要去開房門，被呂照亮拉開，跌倒在茶几旁。

莫愁隨手拿起四腳菸灰缸：「你再過來，我就砸腦袋死給你看！」

突然呂照亮卻哈哈大笑，鼓起掌來。

「哈哈，好，好，有演戲細胞，你以為我是個不三不四的人？我是在試你的演技啊！」

莫愁這才放鬆了心：「你嚇死我了。」

莫愁依在牆上，閉目撫心。

不料呂照亮又故技重使，撲上擁吻。

莫愁奮力掙扎狂喊：「救命，救命啊！」

呂照亮摀其嘴，撕她外衣。

這時服務生李強在櫃台值班。

冬梅匆匆趕來：「請問⋯」
李強見是冬梅：「妳是蔣媽媽？！」
「對！你是李強吧？在這裡工作？！」以前李強在冬梅家鬧事，記憶深刻。
李強點頭。
「有個星探邀我女兒來這兒見面，你看見沒？」
「你是說蔣莫愁小姐？！」
冬梅點頭。
「難怪有點面熟，我不敢認，他們在 404 房間。」
「404 房間？去房間幹什麼？快帶我去看看。」
李強：「好耶！」
冬梅與李強快步走近 404 房間，驚聞室內女人呼救聲傳來：「救命啦！救命啦！」
冬梅一聽大叫：「莫愁！媽媽來了。」
「媽！媽！救命啦！」室內狂叫著。
室內似又搗嘴不清楚聲。
冬梅急著開門，門打不開。
李強踢開門。
冬梅與李強入內。

呂照亮已脫去外衣褲，穿了內衣，壓莫愁在床上，正要得逞。

李強要拿椅子砸去。

冬梅心急，見門旁櫃子上放了一具熱水瓶，她拿了熱水瓶，向李照亮擲去，莫愁是否能得救？敬請翻閱下集。

《上集完，待續》

附錄一

國家安全會議

子安鄉友大鑒：

接誦本(一)月六日 手書，得悉一切。

台端過去隨護

領袖，甚著勞績，榮退以後，又能從事寫作，多次獲獎，聞之至深

嘉慰。 令先慈守志撫孤，懿德可敬，已為題書四字用表褒崇，特隨函寄請 查收，並望益弘

國家安全會議

事功，更臻顯揚也！專復，順頌

台祺！

蔣緯國 敬啟

民國七十八年一月廿八日

蔣緯國上將覆函

附錄二

越劇唱詞

（林黛玉葬花）

繞綠堤，拂柳上，穿過花徑，聽何處哀遠笛，風送聲聲，人說道大觀園四季如春，我眼中卻是一座愁城。

（祥林嫂選段 賀老六唱）

我老六今年活了三十六多，這種事情從未碰到過，我雖然生長山崖一粗漢，強兇霸道，我不會做，我老六，從小父母雙亡故，全靠兄長扶養我，都只為少田無柴難耕種，我只得深山冷岙，打獵過……

（紅樓夢插曲）

（白）：林妹妹！今天是從古到今，天上人間（唱）：是第一件秤心滿意

的事啊…我合不攏
笑口，把喜訊接，豎起了指頭，把佳期待，總算是東園桃樹，西園柳，
今日移向一處栽，
從今後啊！與妳春日早起，摘花戴，寒夜挑燈把謎猜，從此是俏語嬌音
滿室聞，如刀斷水
分不開，這真是銀河雖寬總有渡，牛郎織女七夕會…